Disney

30 STORIE PER LA SERA

QUESTO LIBRO APPARTIENE A:

....

G GIUNTI

La Carica dei 101: basato sul libro *The Hundred and One Dalmatians*
di Dodie Smith, pubblicato negli Stati Uniti da Viking Press
e in Gran Bretagna da William Heinemann Limited.
Le Avventure di Winnie The Pooh: personaggi e avventure basati
sulle opere di *Winnie The Pooh* di A. A. Milne e E. H. Shepard.
Cars: gli elementi Disney/Pixar sono di proprietà di © Disney Pixar,
ad esclusione dei seguenti marchi di proprietà di terze parti:
Hudson Hornet™; FIAT™; ©Volkswagen AG; Chevrolet™; Porsche™;
Jeep®; Mercury™.

Progetto e coordinamento grafico: Emanuela Fecchio
Realizzazione grafica: co-d - Milano

Traduzione e adattamento: Monica Floreale
Coordinamento editoriale: Antonella Sgarzi

Pubblicato da Giunti Editore S.p.A.
Via Bolognese, 165 – 50139 Firenze - Italia
Piazza Virgilio, 4 – 20123 Milano - Italia

Prima edizione: settembre 2019

Stampato da: Lito Terrazzi s.r.l.

www. giunti.it

Disponibile anche in versione eBook

DISNEY

30 STORIE PER LA SERA

AVVENTURE DI CORAGGIO

G GIUNTI

DISNEP

GLI ARISTOGATTI

LA GATTA DUCHESSA E I SUOI FIGLI MINOU, MATISSE E BIZET VIVONO
A PARIGI CON MADAME ADELAIDE. L'ANZIANA SIGNORA ADORA
I SUOI MICI E VUOLE LASCIAR LORO LA SUA EREDITÀ.
IL MAGGIORDOMO EDGAR È FURIOSO. NELLA NOTTE ADDORMENTA
I MICI COL SONNIFERO E POI LI ABBANDONA LONTANO DA CASA.

AL SUO RISVEGLIO, DUCHESSA INCONTRA ROMEO,
UN GATTO RANDAGIO DAL PELO ROSSO.
"E TU COME FARESTI DI NOME?" LE CHIEDE ROMEO.
"MI CHIAMO DUCHESSA," RISPONDE LEI.

IL GIORNO DOPO ROMEO ACCOMPAGNA DUCHESSA E I SUOI GATTINI
DA MADAME ADELAIDE.
"NON È POSSIBILE!" ESCLAMA EDGAR QUANDO APRE LA PORTA.
CATTURA I MICI E POI LI CHIUDE DENTRO UN BAULE.

MA IL TOPO GROVIERA HA VISTO
TUTTO E AVVISA SUBITO ROMEO.

ROMEO, SCAT CAT E LA SUA BANDA CORRONO A SALVARLI. DOPO
AVER LIBERATO DUCHESSA E I FIGLI, CHIUDONO EDGAR NEL BAULE
E LO SPEDISCONO IN UN PAESE LONTANO.
MADAME ADELAIDE È FELICE DI AVER RITROVATO I SUOI AMATI MICI.

LA DONNA DECIDE ANCHE DI ADOTTARE ROMEO
E TUTTO FINISCE CON UNA GRANDE FESTA!

IL RE E LA REGINA DI ARENDELLE NASCONDONO UN SEGRETO: LA LORO FIGLIA MAGGIORE ELSA SA CREARE NEVE E GHIACCIO CON LA MAGIA. UN GIORNO ELSA FERISCE PER SBAGLIO LA SORELLINA ANNA. I GENITORI PORTANO LE BIMBE DAI TROLL, CHE GUARISCONO ANNA, MA LE FANNO ANCHE DIMENTICARE I POTERI MAGICI DI SUA SORELLA. ELSA ORA NON VUOLE PIÙ GIOCARE CON ANNA PERCHÉ NON SA CONTROLLARE LA SUA MAGIA.

DOPO MOLTI ANNI, ELSA DIVENTA
LA REGINA DI ARENDELLE. ANNA
INCONTRA IL PRINCIPE HANS E VUOLE
SPOSARLO SUBITO, MA ELSA NON È
D'ACCORDO, SI ARRABBIA E NON RIESCE
A BLOCCARE I SUOI POTERI. TURBATA,
FUGGE SULLE MONTAGNE DEL NORD.
ANNA PERÒ VUOLE RIPORTARLA A CASA!
DURANTE IL SUO VIAGGIO, SI FA GUIDARE
DAL GIOVANE KRISTOFF E DALLA SUA
RENNA SVEN. ALLA COMPAGNIA SI UNISCE
POI OLAF, UN BUFFO PUPAZZO DI NEVE.

ANNA PREGA ELSA DI TORNARE A CASA, MA LEI, IMPAURITA, COLPISCE
PER SBAGLIO LA SORELLA CON UNA FOLATA DI GHIACCIO.
KRISTOFF SOCCORRE LA SUA AMICA E LA PORTA DAI TROLL,
DOVE SCOPRONO CHE ANNA STA DIVENTANDO
UNA STATUA DI GHIACCIO. SOLO UN ATTO
DI VERO AMORE POTREBBE SALVARLA…
KRISTOFF PENSA SUBITO AD HANS, CHE
NEL FRATTEMPO HA IMPRIGIONATO ELSA.
QUANDO ANNA ARRIVA, SCOPRE
CHE HANS NON PUÒ SALVARLA!
INFATTI NON L'HA MAI AMATA,
VOLEVA SOLO IL SUO REGNO!

OLAF CAPISCE CHE ANNA E KRISTOFF
SI SONO INNAMORATI. COSÌ AIUTA LA
SUA AMICA A RAGGIUNGERE L'UNICA
PERSONA CHE PUÒ ANCORA SALVARLA.

ELSA SCAPPA DALLA PRIGIONE E, POCO PRIMA DI RAGGIUNGERE
KRISTOFF, ANNA VEDE HANS CHE STA PER COLPIRLA CON LA SUA
SPADA, SI LANCIA VERSO ELSA E LA PROTEGGE CON IL SUO CORPO,
POI SI TRASFORMA IN UNA STATUA DI GHIACCIO.
"ANNA, NO!" GRIDA ELSA ABBRACCIANDO IN LACRIME SUA SORELLA.
SUBITO DOPO, LA STATUA DI GHIACCIO COMINCIA A SCIOGLIERSI.
SACRIFICANDO LA PROPRIA VITA PER SALVARE ELSA,
ANNA HA COMPIUTO UN ATTO DI VERO AMORE,
ED È PER QUESTO CHE È ANCORA VIVA!

LE DUE SORELLE SONO DI NUOVO UNITE E FELICI!
ELSA ADESSO SA COME CONTROLLARE LA SUA MAGIA: RIPORTA
L'ESTATE AD ARENDELLE E TRASFORMA IL SALONE DEL CASTELLO
IN UNA PISTA DI GHIACCIO. CHE BELLO FARE FESTA CON GLI AMICI!

Disney

ZOOTROPOLIS

A ZOOTROPOLIS PREDATORI E PREDE VIVONO INSIEME IN PACE. JUDY HOPPS È LA PRIMA CONIGLIETTA POLIZIOTTO DELLA CITTÀ. DOPO AVER RICEVUTO IL SUO DISTINTIVO, JUDY VA AL COMANDO DI POLIZIA, DOVE SOGNA DI OCCUPARSI DI UN CASO IMPORTANTE.

MA IL CAPO DELLA POLIZIA LA METTE A FARE LE MULTE NEI PARCHEGGI!
DURANTE IL SUO LAVORO, JUDY NOTA UNA STRANA VOLPE DI NOME
NICK, UN TRUFFATORE CHE VENDE
GHIACCIOLI ILLEGALMENTE!
L'INDOMANI, JUDY HA L'INCARICO
DI RITROVARE EMMITT,
UN ANIMALE SCOMPARSO
DA DIECI GIORNI. PRIMA DI
SPARIRE, EMMITT HA COMPRATO
UN GHIACCIOLO DA NICK…

JUDY E NICK TROVANO IL PORTAFOGLIO DI EMMITT DENTRO UN'AUTO.
IL GIAGUARO MANCHAS, L'AUTISTA DELL'AUTO,
RACCONTA CHE EMMITT ALL'IMPROVVISO ERA
IMPAZZITO: "SEMBRAVA UN ANIMALE SELVATICO
E PARLAVA DI ULULATORI NOTTURNI…" SPIEGA.
SUBITO DOPO, ANCHE
IL GIAGUARO SI TRASFORMA
IN UN ANIMALE SELVAGGIO.
CERCA DI AGGREDIRLI
E POI SCAPPA.

JUDY E NICK SI METTONO SULLE TRACCE DI MANCHAS. SCOPRONO
CHE TANTI CITTADINI, DIVENTATI SELVATICI, SONO TENUTI PRIGIONIERI
DENTRO UN EDIFICIO, DOVE CI SONO ANCHE MANCHAS ED EMMITT.
È STATO IL SINDACO LIONHEART A FARLI RAPIRE: NON VOLEVA SI
SCOPRISSE CHE GLI ANIMALI PREDATORI
DELLA CITTÀ POTEVANO TORNARE A ESSERE
SELVAGGI E PERICOLOSI. BOGO, IL CAPO
DELLA POLIZIA, ARRESTA LIONHEART
E LA VICESINDACO BELLWETHER
PRENDE IL SUO POSTO.

MENTRE A ZOOTROPOLIS LE PREDE NON SI FIDANO PIÙ DEI
PREDATORI, JUDY SCOPRE CHE GLI ULULATORI NOTTURNI SONO
DEI FIORI CHE FANNO DIVENTARE FEROCI TUTTI GLI ANIMALI.
CON L'AIUTO DI NICK, CAPISCE CHE È STATA BELLWETHER A DARE
L'ORDINE DI COLPIRE I PREDATORI CON LA POLVERE DEI FIORI
VELENOSI. QUESTO PIANO MALEFICO LE SERVIVA PER DIVENTARE
SINDACO E TERRORIZZARE GLI ABITANTI DELLA CITTÀ.

BELLWETHER VIENE ARRESTATA E FINISCE IN PRIGIONE. QUANDO
I MEDICI RIESCONO A TROVARE UNA CURA PER I PREDATORI COLPITI
DAL VELENO DEGLI ULULATORI NOTTURNI, ZOOTROPOLIS TORNA
A ESSERE UNA CITTÀ DOVE VIVERE INSIEME IN PACE E SENZA TIMORE.
NICK È CONTENTO DI AVERE AIUTATO JUDY A RISOLVERE IL SUO
PRIMO CASO E DECIDE DI DIVENTARE ANCHE LUI UN POLIZIOTTO:
INSIEME SARANNO UNA GRANDE SQUADRA!

OGGI È NATO SIMBA, IL FIGLIO DI RE MUFASA E DELLA REGINA
SARABI. IL SAGGIO RAFIKI LO PRESENTA AI SUDDITI DEL REGNO.
SONO VENUTI TUTTI GLI ANIMALI DELLA SAVANA TRANNE SCAR,
IL FRATELLO DI MUFASA. SCAR, INFATTI, ODIA SIMBA PERCHÉ
SARÀ LUI A EREDITARE IL TITOLO DI RE DELLA SAVANA.

SIMBA È CRESCIUTO E GIOCA SEMPRE INSIEME ALLA LEONCINA NALA.
ZAZU, IL MAGGIORDOMO DEL RE, HA IL COMPITO DI TENERLI D'OCCHIO.
UN GIORNO SIMBA E NALA SFUGGONO ALLA SORVEGLIANZA
DI ZAZU E VANNO IN UN POSTO PROIBITO: IL CIMITERO DEGLI
ELEFANTI. LÌ VENGONO ATTACCATI DALLE IENE, CHE SONO ALLEATE
DI SCAR! PER FORTUNA ZAZU LI RITROVA E VOLA AD AVVERTIRE IL RE.
MUFASA INTERVIENE SUBITO E SALVA I DUE CUCCIOLI, POI SGRIDA
SIMBA PER AVERE DISOBBEDITO AI SUOI ORDINI.

MA SCAR HA UN ALTRO PIANO PER LIBERARSI DI SIMBA: LO ATTIRA
IN UN BURRONE DOVE LE IENE SPAVENTANO UN BRANCO DI GNU.
GLI GNU CORRONO VERSO SIMBA, CHE SI AGGRAPPA AL RAMO SECCO
DI UN ALBERO PER NON ESSERE CALPESTATO.
ANCORA UNA VOLTA INTERVIENE MUFASA: SALVA IL SUO CUCCIOLO,
MA VIENE FERITO DAGLI GNU. POI TENTA DI ARRAMPICARSI SULLE
ROCCE, VERSO UNA SPORGENZA DOVE SCAR LO ASPETTA.

SCAR LO SPINGE GIÙ NEL BURRONE, E MUFASA VIENE TRAVOLTO DAGLI
GNU IN CORSA. SIMBA CORRE DA LUI PER AIUTARLO, MA NON C'È PIÙ
NIENTE DA FARE. CONVINTO CHE SIA COLPA SUA, IL LEONCINO FUGGE.
LONTANO DALLA SUA TERRA, SIMBA CONOSCE LA MANGUSTA TIMON
E IL FACOCERO PUMBAA: CON LORO FORMA UNA NUOVA FAMIGLIA.
PASSANO GLI ANNI E SIMBA DIVENTA UN LEONE ADULTO.
UN GIORNO INCONTRA NALA, LA SUA VECCHIA AMICA,
CHE GLI RACCONTA CHE SCAR SI È IMPOSSESSATO
DEL REGNO E GLI CHIEDE DI TORNARE
A OCCUPARE IL POSTO
CHE GLI SPETTA.

SIMBA NON VUOLE ASCOLTARLA, COSÌ NALA VA VIA MOLTO TRISTE.
QUELLA SERA, DAVANTI A UNO STAGNO, SIMBA INCONTRA RAFIKI.
IL SAGGIO BABBUINO GLI FA CAPIRE CHE MUFASA VIVE ANCORA,
MA NEL SUO CUORE. SIMBA CAPISCE CHE DEVE PRENDERE IL SUO
POSTO NEL CERCHIO DELLA VITA E DIVENTARE FINALMENTE RE.

IL GIOVANE LEONE ALLORA TORNA A CASA E SFIDA SCAR.
DOPO UNA LUNGA LOTTA, LO ZIO PRECIPITA DA UNA RUPE E LE IENE,
SUE VECCHIE ALLEATE, LO FINISCONO SENZA PIETÀ.

SIMBA DIVENTA IL NUOVO RE LEONE!
QUALCHE MESE DOPO, RAFIKI ANNUNCIA A
TUTTI GLI ANIMALI LA NASCITA DI UN NUOVO
PRINCIPE: IL FIGLIO DI SIMBA E NALA.

HENRY E IDA SONO DUE APATOSAURI AGRICOLTORI E HANNO TRE FIGLI. I PRIMI DUE, LIBBY E BUCK, SONO BRAVI A LAVORARE NEI CAMPI E HANNO GIÀ AVUTO L'ONORE DI LASCIARE LA LORO IMPRONTA SUL DEPOSITO DI MAIS, ACCANTO A QUELLE DI MAMMA E PAPÀ. INVECE IL PIÙ PICCOLO, IL TIMIDO ARLO, NON È ANCORA IN GRADO DI LAVORARE E HA PAURA DI TUTTO, PERSINO DELLE GALLINE. COME FARÀ A MERITARE DI LASCIARE IL SUO SEGNO SUL DEPOSITO?

DA UN PO' DI TEMPO, QUALCUNO
RUBA IL MAIS DALLE PROVVISTE.
PAPÀ HENRY DÀ L'INCARICO
AD ARLO DI ACCIUFFARE IL LADRO.
E LUI CATTURA UN BAMBINO,
MA POI LO LASCIA FUGGIRE!
POCO DOPO, DURANTE
UN'ALLUVIONE, HENRY È
TRASCINATO VIA DALL'ACQUA.
ARLO ORA DEVE PRENDERE IL SUO
POSTO AL LAVORO NELLA FATTORIA
E, QUANDO SCOPRE CHE
IL BAMBINO È TORNATO A RUBARE,
LO INSEGUE E… SI PERDE!

ARLO SA BENE CHE PER TORNARE ALLA FATTORIA DEVE SEGUIRE
IL FIUME. MA DOPO UN PO' CHE CAMMINA, LA FAME LO SPINGE
A SALIRE SU UNA ROCCIA PER MANGIARE DELLE BACCHE. PERDE
L'EQUILIBRIO E PRECIPITA GIÙ, RIMANENDO CON UNA ZAMPA
INCASTRATA TRA LE PIETRE.
ARRIVA LA NOTTE: STANCO
E AVVILITO, ARLO SI ADDORMENTA.
LA MATTINA DOPO SCOPRE CHE
IL BAMBINO GLI HA LIBERATO
LA ZAMPA E GLI HA PURE
PORTATO DA MANGIARE!

SEMBRA UN TIPO GENTILE, QUEL BAMBINO! ARLO DECIDE
DI CHIAMARLO SPOT E SI RIMETTE IN CAMMINO CON LUI VERSO CASA.
I DUE DIVENTANO AMICI E SI AIUTANO A VICENDA.
UNA NOTTE SPOT PIANTA TRE BASTONCINI
PER TERRA E NE FA CADERE DUE: SPIEGA
COSÌ AL SUO AMICO CHE I SUOI GENITORI
NON CI SONO PIÙ. ALLORA ANCHE ARLO
RACCONTA CON I BASTONCINI CHE SUO
PADRE HENRY NON È PIÙ CON LUI...
PRESI DALLA TRISTEZZA, I DUE AMICI
ULULANO INSIEME ALLA LUNA.

L'INDOMANI ARLO E SPOT INCONTRANO TRE T.REX E ALCUNI
PTERODATTILI AFFAMATI. PER FORTUNA I T.REX SONO SOLO ALLEVATORI
PACIFICI! SUBITO DIFENDONO ARLO E IL BAMBINO DAI DINOSAURI
ALATI, E SPOT RICAMBIA AIUTANDOLI A RITROVARE IL LORO GREGGE
DI BUFALI. PURTROPPO, QUANDO ARLO E SPOT SI RIMETTONO IN
CAMMINO LUNGO IL FIUME, GLI PTERODATTILI ATTACCANO ANCORA.
SPOT RISCHIA DI ESSERE TRAVOLTO E TRASCINATO VIA DAL FIUME,
MA ARLO SI GETTA IN ACQUA E RIESCE A SALVARLO!

A POCHI PASSI DA CASA, I DUE AMICI INCONTRANO UN GRUPPO DI UMANI. È LA FAMIGLIA PERFETTA PER SPOT, PENSA ARLO. PER CONVINCERLO A RESTARE CON I SUOI SIMILI, TRACCIA UN CERCHIO ATTORNO A LORO… SPOT CAPISCE E, CON UN ABBRACCIO STRETTO STRETTO, SALUTA IL SUO GRANDE AMICO.

POCO DOPO, ALLA FATTORIA, UNA FAMIGLIA DI DINOSAURI SI RIUNISCE FELICE. ARLO HA DIMOSTRATO UN GRANDE CORAGGIO: ANCHE PER LUI È ARRIVATO IL MOMENTO DI LASCIARE LA SUA IMPRONTA SUL DEPOSITO DEL MAIS.

LA REGINA ELSA VUOLE ORGANIZZARE UNA FESTA A SORPRESA PER ANNA. DOMANI SARÀ IL SUO COMPLEANNO E PER TANTO TEMPO AL CASTELLO NESSUNO SI È OCCUPATO DI LEI. ELSA HA GIÀ SCELTO IL REGALO DA FARLE: UN BEL RITRATTO DIPINTO DAL PITTORE DI CORTE.

PRIMA DI ANDARE ALLO STUDIO DELL'ARTISTA, ELSA PASSA
DALLA PASTICCERIA.
"POTREBBE PREPARARE UNA TORTA PER LA FESTA
A SORPRESA DELLA PRINCIPESSA?" CHIEDE AL PASTICCERE.
ALL'IMPROVVISO APPARE ANNA ALLA PORTA: "ELSA? CHE CI FAI QUI?"
"ASSAGGIATE I MIEI PASTICCINI, PRINCIPESSA ANNA!" LA DISTRAE
IL PASTICCERE, STRIZZANDO L'OCCHIO ALLA REGINA.
SARÀ UN PERFETTO COMPLICE!

POI ELSA VA DAL PITTORE E LO OSSERVA
FELICE MENTRE REALIZZA IL RITRATTO
DELLA SORELLA. INTANTO ANNA SI SENTE
SOLA... "SO CHE ELSA HA TANTI IMPEGNI,
È UNA REGINA," DICE A OLAF.
"MA VORREI STARE CON LEI."
IL PUPAZZO DI NEVE, PER DISTRARLA,
LE PROPONE DI ANDARE
A TROVARE KRISTOFF E SVEN.

"SO CHE DOMANI È IL TUO COMPLEANNO, ANNA," LE DICE KRISTOFF,
CHE STA AIUTANDO CON I PREPARATIVI PER LA FESTA.
IL RAGAZZO VORREBBE DIRE AD ANNA CHE PROVA QUALCOSA PER LEI,
MA NON NE HA IL CORAGGIO, IN PIÙ OLAF CONTINUA A DISTURBARE!
ELSA, INTANTO, OSSERVA LA SCENA DALLA FINESTRA DELLA SUA
CAMERA E SORRIDE FRA SÉ E SÉ, PERCHÉ È SICURA CHE L'INDOMANI
ANNA AVRÀ UNA MERAVIGLIOSA SORPRESA!

Disney · PIXAR

Cars

Tutti a Radiator Springs!

DA QUANDO SAETTA VIVE A RADIATOR SPRINGS, LA CITTÀ HA TANTI VISITATORI E GLI AFFARI DEI COMMERCIANTI VANNO A GONFIE VELE. SPESSO IL MOTEL DI SALLY È AL COMPLETO, COSÌ SERGENTE PRESTA LE SUE TENDE MILITARI PER FAR ALLOGGIARE I TURISTI.

IN QUESTO MODO, PERÒ, I SERVIZI FUNZIONANO MENO E I TURISTI NON SONO PIÙ ACCOLTI IN CITTÀ COME SI DEVE!

"SIAMO FELICI CHE RADIATOR SPRINGS SIA DIVENTATA IMPORTANTE," DICE SALLY. "MA DOBBIAMO ANCHE RICORDARCI CHE QUI C'ERA SOLO UNA STRADA POLVEROSA IN MEZZO AL DESERTO. POI STANLEY TROVÒ UNA FONTE D'ACQUA E ORGANIZZÒ UN RISTORO PER I VIAGGIATORI. POCO DOPO ARRIVÒ LIZZIE E ANCHE LEI APRÌ UN SUO NEGOZIO."

"SALLY, RACCONTACI ANCORA LA STORIA DELLA STATUA DI STANLEY!" INTERVIENE CRICKETTO.

"UN GIORNO UN TORNADO IMPROVVISO SOLLEVÒ STANLEY E LO POSÒ IN CIMA A UNA ROCCIA. ALLORA LUI DECISE DI COSTRUIRE LÌ LA SUA STATUA PER INDICARE L'INGRESSO ALLA CITTÀ. FU COSÌ CHE NACQUE RADIATOR SPRINGS. ED ERA UN POSTO CHE PIACEVA A TUTTI. OGNI AUTO CHE PASSAVA SI FERMAVA E COSTRUIVA QUALCOSA DI NUOVO: UN NEGOZIO DI PNEUMATICI, UN POSTO PER RIFORNIRSI..."

"GIÀ!" ESCLAMA DOC. "ERA UN POSTO MOLTO ACCOGLIENTE
ED È PER QUESTO CHE ANCHE IO MI SONO FERMATO QUI."
"HAI RAGIONE, PURE IO!" AGGIUNGE LO SCERIFFO.
E PENSANDOCI SU, TUTTI RICORDANO DI ESSERSI
INNAMORATI SUBITO DI RADIATOR SPRINGS.

"LA CITTÀ CRESCEVA SEMPRE DI PIÙ," CONTINUA SCERIFFO.
"ED È COSÌ CHE IO SONO STATO ELETTO. POI HO FATTO VENIRE RED
PERCHÉ AVEVAMO BISOGNO DI UN POMPIERE."
"ALLA CITTÀ SERVIVA ANCHE UN CARRO ATTREZZI," DICE CRICKETTO.
"COSÌ SONO ARRIVATO IO, E NON ME NE ANDRÒ PIÙ!"

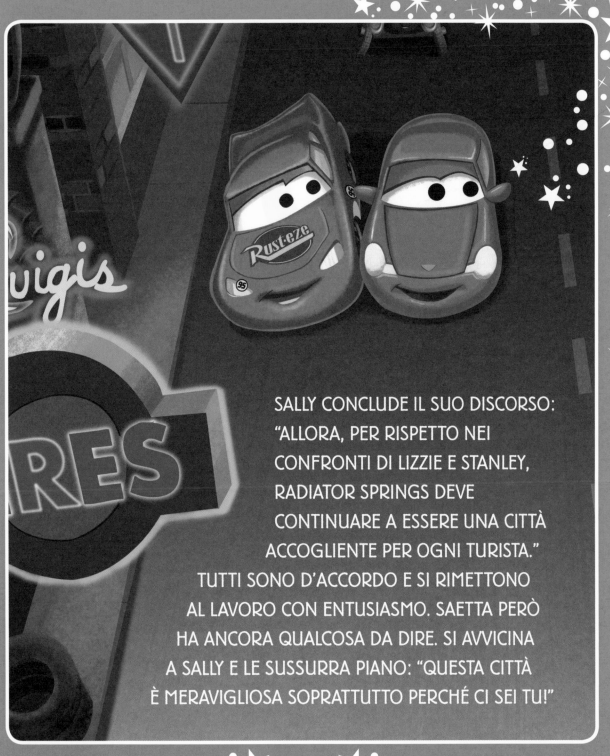

SALLY CONCLUDE IL SUO DISCORSO:
"ALLORA, PER RISPETTO NEI
CONFRONTI DI LIZZIE E STANLEY,
RADIATOR SPRINGS DEVE
CONTINUARE A ESSERE UNA CITTÀ
ACCOGLIENTE PER OGNI TURISTA."
TUTTI SONO D'ACCORDO E SI RIMETTONO
AL LAVORO CON ENTUSIASMO. SAETTA PERÒ
HA ANCORA QUALCOSA DA DIRE. SI AVVICINA
A SALLY E LE SUSSURRA PIANO: "QUESTA CITTÀ
È MERAVIGLIOSA SOPRATTUTTO PERCHÉ CI SEI TU!"

NEL CUORE DEL DESERTO, JAFAR, IL VISIR DEL SULTANO DI AGRABAH, ASPETTA IL LADRO GAZEEM.

"ECCO LA METÀ DEL MEDAGLIONE CHE MI AVETE CHIESTO," GLI DICE IL LADRO.

JAFAR LA UNISCE ALLA METÀ CHE GIÀ AVEVA E IL MEDAGLIONE SI TRAMUTA IN UNO SCARABEO D'ORO, CHE VOLA VERSO UNA GIGANTESCA TESTA DI TIGRE APPENA EMERSA DALLA SABBIA. "FINALMENTE HO TROVATO LA CAVERNA DELLE MERAVIGLIE!" ESCLAMA JAFAR.

"ORA VA' LÌ DENTRO E PORTAMI LA LAMPADA!"
ORDINA POI AL LADRO. MA APPENA GAZEEM SI
ADDENTRA NELLA GROTTA, LA BOCCA DELLA TIGRE
SI CHIUDE E LO INGHIOTTE PER SEMPRE. INFATTI
SOLTANTO CHI NASCONDE IN SÉ UN GRANDE VALORE
PUÒ ENTRARE NELLA CAVERNA DELLE MERAVIGLIE.
INTANTO AD AGRABAH, IL SULTANO È SU TUTTE LE
FURIE PERCHÉ SUA FIGLIA JASMINE HA RESPINTO
L'ENNESIMO CORTEGGIATORE.

"DEVI SPOSARTI ENTRO TRE GIORNI: È LA LEGGE," DICE LUI ARRABBIATO.
"MI SPOSERÒ SOLO PER AMORE!" REPLICA LA FIGLIA AD ALTA VOCE.

TORNATO A PALAZZO, JAFAR IPNOTIZZA IL SULTANO PER IMPADRONIRSI
DEL SUO ANELLO: GLI SERVE PER SCOPRIRE CHI PUÒ ENTRARE NELLA
CAVERNA. INTANTO JASMINE ESCE DI NASCOSTO DAL PALAZZO.
AL MERCATO PRENDE UNA MELA DA UN BANCO
PER DARLA A UN BAMBINO.
"AL LADRO!" GRIDA IL MERCANTE.
ALADDIN, UN GIOVANE VAGABONDO,
SALVA LA PRINCIPESSA. I DUE STANNO
FACENDO AMICIZIA, QUANDO ARRIVANO
LE GUARDIE E ARRESTANO ALADDIN
E LA SUA SCIMMIETTA ABÙ.

JAFAR SCOPRE CHE ALADDIN PUÒ ENTRARE NELLA CAVERNA.
COSÌ, LO FA EVADERE E LO PORTA ALL'INGRESSO DELL'ANTRO.
IL RAGAZZO ENTRA, TROVA LA LAMPADA
E, QUANDO LA STROFINA, NE ESCE
UN GENIO! ORA PUÒ ESPRIMERE TRE
DESIDERI. CON IL PRIMO ALADDIN CHIEDE
DI DIVENTARE UN PRINCIPE, POI INVITA
JASMINE A FARE UN VOLO SUL SUO
TAPPETO MAGICO.

MA JAFAR È SEMPRE IN AGGUATO. QUANDO LE SUE GUARDIE
CATTURANO ALADDIN E LO GETTANO IN MARE, IL GENIO USA
IL SECONDO DESIDERIO DEL GIOVANE PER SALVARGLI LA VITA.

JAFAR PERÒ SI È IMPOSSESSATO
DELLA LAMPADA E STA ESPRIMENDO
I SUOI DESIDERI!
"VOGLIO ESSERE UN SULTANO
E LO STREGONE PIÙ POTENTE
DEL MONDO!" ESCLAMA.
"MA IL GENIO SARÀ SEMPRE
PIÙ POTENTE DI TE, JAFAR!"
LO PROVOCA ALADDIN.

JAFAR CADE NELLA TRAPPOLA ED ESPRIME
L'ULTIMO DESIDERIO: "VOGLIO DIVENTARE UN GENIO!"
NON SI RICORDAVA CHE I GENI VIVONO PRIGIONIERI
NELLE LAMPADE! MENTRE JAFAR VIENE RISUCCHIATO
DALLA LAMPADA, ALADDIN USA IL SUO TERZO
DESIDERIO PER LIBERARE IL SUO AMICO GENIO.
ORMAI HA GIÀ OTTENUTO CIÒ CHE DESIDERAVA
DI PIÙ: L'AMORE DI JASMINE.

QUESTA SERA MAMMA E PAPÀ DARLING SONO USCITI E HANNO RACCOMANDATO A WENDY, LA LORO FIGLIA MAGGIORE, DI BADARE AI SUOI FRATELLINI, GIANNI E MICHELE. WENDY SI AFFACCIA ALLA FINESTRA E SOGNA DI RIVEDERE PETER PAN, UN RAGAZZO SPECIALE CHE VIVE NELL'ISOLA-CHE-NON-C'È. ED ECCO CHE, DURANTE LA NOTTE, PROPRIO PETER E LA SUA AMICA FATINA, TRILLI, ENTRANO DALLA FINESTRA. "VENITE CON ME ALL'ISOLA-CHE-NON-C'È: LÌ NON SI DIVENTA MAI GRANDI!" PROPONE PETER A WENDY E AI SUOI FRATELLI.

GRAZIE ALLA POLVERE DI FATA, I TRE RAGAZZI POSSONO VOLARE
E SEGUONO PETER PAN FINO ALL'ISOLA-CHE-NON-C'È, DOVE CAPITAN
UNCINO SPARA CONTRO DI LORO UNA PALLA DI CANNONE!
TRILLI, CHE È GELOSA DI WENDY, ORDINA AI BIMBI SPERDUTI
DI LANCIARLE DEI SASSI. COLPITA, WENDY PRECIPITA, MA PER FORTUNA
PETER PAN RIESCE A SALVARLA. PETER SGRIDA TRILLI E CAPITAN UNCINO
APPROFITTA DI QUEL LITIGIO PER FAR RAPIRE LA FATINA. POI LE
PROMETTE CHE LA AIUTERÀ A SBARAZZARSI DI WENDY SE LEI
GLI DIRÀ DOVE SI TROVA IL RIFUGIO SEGRETO DI PETER PAN.

POCO DOPO, SULLA NAVE
DI CAPITAN UNCINO SI SENTE
UN'ESPLOSIONE. I BIMBI SPERDUTI
SONO SPAVENTATI: VIENE PROPRIO
DAL LORO RIFUGIO SEGRETO.
"PETER PAN NON C'È PIÙ!"
GRIDA UNCINO SODDISFATTO.
POI DICE AI PRIGIONIERI CHE,
SE DIVENTERANNO PIRATI,
AVRANNO SALVA LA VITA.

"NON SAREMO MAI DEI VOSTRI!" RISPONDE WENDY A TESTA ALTA.
SI AVVIA SULLA PASSERELLA, SI LANCIA NEL VUOTO E... PETER L'AFFERRA
PRIMA CHE CADA IN ACQUA! CHE SOLLIEVO: PETER È ANCORA VIVO!
ADESSO È PRONTO A BATTERSI IN DUELLO COL CAPITANO. UNCINO
CADE IN MARE E FINISCE TRA LE FAUCI DI UN COCCODRILLO. VITTORIA!

PER WENDY E I SUOI FRATELLI È TEMPO DI LASCIARE L'ISOLA-CHE-NON-
C'È. TRILLI SPARGE LA SUA POLVERE MAGICA E LA NAVE DI UNCINO SI
TRASFORMA IN UN VASCELLO VOLANTE: SI TORNA A LONDRA!
QUANDO I SIGNORI DARLING RIENTRANO A CASA, GIANNI E MICHELE
STANNO GIÀ DORMENDO NEI LORO LETTI. WENDY INVECE È AFFACCIATA
ALLA FINESTRA: INSIEME AI SUOI GENITORI GUARDA IL VASCELLO
MAGICO CHE SCOMPARE OLTRE LA LUNA.

Disney · PIXAR

ALLA RICERCA DI NEMO

MARLIN E CORAL, UNA COPPIA DI PESCI PAGLIACCIO, ASPETTANO FELICI IN UNA GROTTA CHE LE LORO UOVA SI SCHIUDANO. ALL'IMPROVVISO UN BARRACUDA LI ATTACCA DISTRUGGENDO TUTTO QUELLO CHE TROVA. MARLIN VIENE STORDITO CON UN COLPO DI CODA E, QUANDO SI SVEGLIA, TUTTO QUELLO CHE GLI RIMANE È UN PICCOLO UOVO DANNEGGIATO.

IL TEMPO PASSA E DA QUELL'UOVO NASCE NEMO.
ANCHE SE HA UNA PINNA PIÙ PICCOLA DELLE
ALTRE, È UN PESCIOLINO ALLEGRO E CURIOSO.
"NON NUOTARE MAI LONTANO DALLA BARRIERA CORALLINA!"
GLI ORDINA PAPÀ MARLIN, PREOCCUPATO CHE POSSA SUCCEDERGLI
QUALCOSA DI BRUTTO. MA UN GIORNO NEMO LITIGA CON SUO PADRE
E SI LANCIA IN MARE APERTO: VUOLE TOCCARE UNA BARCA CON
LA PINNA. ALL'IMPROVVISO UN SUB LO CATTURA CON UN RETINO.

DISPERATO, MARLIN PARTE ALLA RICERCA DI NEMO INSIEME A DORY, UNA PESCIOLINA SIMPATICA CON UN PICCOLO PROBLEMA: DIMENTICA QUASI SUBITO TUTTO QUELLO CHE SUCCEDE. DURANTE IL VIAGGIO I DUE PESCI TROVANO LA MASCHERA DEL SUB CHE HA CATTURATO NEMO. DORY RIESCE A LEGGERE COSA C'È SCRITTO SOPRA: P. SHERMAN, 42 WALLABY WAY, SYDNEY. QUINDI NEMO SI TROVA A SYDNEY, ADESSO! MARLIN E DORY COMINCIANO A SEGUIRE LA CORRENTE CHE LI PORTERÀ LÌ.

INTANTO A SYDNEY, NEMO È FINITO
NELL'ACQUARIO DI UN DENTISTA, DOVE È
STATO ACCOLTO DA ALTRI PESCI E DA UN
PELLICANO DI NOME AMILCARE.
"SALUTA DARLA, SARAI IL SUO REGALO
DI COMPLEANNO," GLI RIVELA AMILCARE
MOSTRANDOGLI LA FOTO DI UNA BAMBINA.
E QUELLA BAMBINA NON SEMBRA AFFATTO
GENTILE... PER FORTUNA ALMENO MARLIN
E DORY RIESCONO AD ARRIVARE A SYDNEY.

AL PORTO, MARLIN E DORY INCONTRANO AMILCARE CHE LI FA SALTARE
DENTRO IL SUO GRANDE BECCO PIENO D'ACQUA E LI TRASPORTA
VERSO LO STUDIO DEL DENTISTA. AIUTO! FORSE SONO ARRIVATI
TROPPO TARDI: DARLA HA IN MANO UN SACCHETTO DI PLASTICA
CON DENTRO NEMO ED È ARRABBIATA PERCHÉ SEMBRA CHE
IL PESCIOLINO SIA MORTO. PER FORTUNA NON È VERO:
NEMO FINGEVA SOLTANTO! QUANDO LA BAMBINA
ROMPE IL SACCHETTO, IL PESCIOLINO CADE
NEL LAVANDINO.

COMINCIA COSÌ IL VIAGGIO DI NEMO ATTRAVERSO
IL TUBO DEL LAVANDINO, CHE LO PORTA DIRETTAMENTE
NELL'OCEANO. CHE GIOIA QUANDO MARLIN RIESCE
FINALMENTE A RIABBRACCIARE SUO FIGLIO SANO E SALVO!
"TI VOGLIO BENE, PAPÀ," DICE IL PICCOLO NEMO.
QUANDO TORNANO A CASA, TUTTI GLI AMICI VECCHI
E NUOVI SI UNISCONO A LORO PER FARE FESTA INSIEME.

NEL VIDEOGIOCO *FELIX AGGIUSTATUTTO* RALPH SPACCATUTTO È IL GIGANTE CATTIVO, MENTRE IL BUONO È FELIX, CHE AGGIUSTA COL SUO MARTELLO MAGICO TUTTO QUELLO CHE RALPH DEMOLISCE. RALPH, PERÒ, È STANCO DEL SUO RUOLO: ANCHE LUI DESIDERA ESSERE UN EROE AMATO DA TUTTI. PERCHÉ, NESSUNO LO SA, MA ANCHE I PERSONAGGI DEI VIDEOGIOCHI HANNO DEI SENTIMENTI E VIVONO UNA VITA VERA.

UNA SERA, RALPH INCONTRA UN SOLDATO DEL GIOCO *HERO'S DUTY*, DOVE I PROTAGONISTI SI GUADAGNANO LA MEDAGLIA DEGLI EROI COMBATTENDO SENZA SOSTA CONTRO GLI INVASORI ALIENI CHIAMATI SCARAFOIDI. ANCHE RALPH VUOLE QUELLA MEDAGLIA, COSÌ RUBA L'ARMATURA DEL SOLDATO ED ENTRA NEL LORO VIDEOGIOCO. RALPH SI UNISCE ALLA SQUADRA DELLA SERGENTE TAMORA JEAN CALHOUN E RIESCE A GUADAGNARSI LA MEDAGLIA. MA MENTRE SCAPPA DA *HERO'S DUTY*, FINISCE PER CASO A *SUGAR RUSH*, UN ALTRO VIDEOGIOCO DOVE I PERSONAGGI CORRONO SU GO-KART FATTI DI CANDITI.

LÌ RALPH CONOSCE VANELLOPE, UNA BAMBINA CHE VUOLE PARTECIPARE ALLA CORSA DEI GO-KART. MA GLI ALTRI CONCORRENTI ACCUSANO LA BAMBINA DI ESSERE UN «GLITCH», CIOÈ UN ERRORE DI PROGRAMMAZIONE DEL GIOCO. QUANDO RE CANDITO LA FA ESPELLERE DALLA CORSA, VANELLOPE NON SI DÀ PER VINTA. CON L'AIUTO DI RALPH COSTRUISCE UN GO-KART E IMPARA A CORRERE DA CAMPIONESSA. I DUE DIVENTANO AMICI, MA RE CANDITO CONVINCE RALPH CHE VANELLOPE È UN PERICOLO PER TUTTI E LUI LE DISTRUGGE IL GO-KART.

RALPH TORNA A *FELIX AGGIUSTATUTTO* E CAPISCE CHE RE CANDITO
GLI HA MENTITO: VANELLOPE NON È AFFATTO UN PERICOLO, ANZI
È LA PROTAGONISTA DI *SUGAR RUSH*! NEL FRATTEMPO, IL SERGENTE
CALHOUN E FELIX SCOPRONO CHE, DURANTE LA SUA FUGA DA *HERO'S
DUTY*, RALPH HA PORTATO CON SÉ ANCHE UNO SCARAFOIDE.
COSÌ ORA IN UNA CAVERNA SOTTERRANEA
DI *SUGAR RUSH* CI SONO MIGLIAIA DI UOVA
PRONTE A SCHIUDERSI.

RALPH TORNA A *SUGAR RUSH*, DOVE RITROVA FELIX. GLI CHIEDE
DI AGGIUSTARE IL GO-KART DI VANELLOPE, POI VA DALLA BAMBINA
E LA RIMETTE IN PISTA UN ATTIMO DOPO CHE LA CORSA È COMINCIATA.
IN MEN CHE NON SI DICA, VANELLOPE SUPERA GLI ALTRI CONCORRENTI
E RAGGIUNGE RE CANDITO.
"VATTENE VIA!" LE URLA LUI ARRABBIATO. POI LA SUA IMMAGINE
TREMOLA E SVELA CHI È VERAMENTE: TURBO, IL PROTAGONISTA
DI UN GIOCO CHE NON ESISTE PIÙ! PROPRIO IN QUEL MOMENTO
GLI SCARAFOIDI EMERGONO DA SOTTOTERRA E INVADONO LA PISTA.

IL SERGENTE CALHOUN, FELIX, RALPH E VANELLOPE LOTTANO INSIEME
CONTRO GLI SCARAFOIDI. RALPH RIESCE PERFINO A CREARE UN'ARMA
CHE FA SCOMPARIRE SIA GLI SCARAFOIDI, SIA IL FINTO RE CANDITO.
SUGAR RUSH È SALVO! ADESSO CHE TURBO NON C'È PIÙ,
SI SCOPRE PURE CHE VANELLOPE ERA UNA PRINCIPESSA!
RALPH È FELICE: HA CAPITO DI ESSERE
UN GIGANTE BUONO E CORAGGIOSO
ANCHE SE CONTINUERÀ A FARE LA PARTE
DEL CATTIVO IN *FELIX AGGIUSTATUTTO*.

Disney
FROZEN

Il raffreddore
di Elsa

IL GIORNO DEL COMPLEANNO DI ANNA È ARRIVATO! ELSA HA ORGANIZZATO UNA FESTA A SORPRESA PER SUA SORELLA E SI ALZA MOLTO PRESTO PER CONTROLLARE CHE TUTTO SIA A POSTO. FINISCE DI DECORARE UNA TORTA CON LA SUA MAGIA E OSSERVA SODDISFATTA LA TAVOLA IMBANDITA E IL FESTONE DEGLI AUGURI.

"OTTIMO LAVORO, BRAVI!" DICE A KRISTOFF, SVEN E OLAF, CHE L'HANNO AIUTATA NEI PREPARATIVI.

"BUON COMPLEANNO!"
SUSSURRA ELSA AD ANNA,
CHE STA ANCORA DORMENDO
NEL SUO LETTO.
ANNA SI ALZA PIENA DI ENERGIE
E SI DIVERTE AD APRIRE
I SUOI REGALI. IL PIÙ BELLO
È IL RITRATTO CHE LA RAFFIGURA
INSIEME ALLA SORELLA E AI SUOI
AMICI PIÙ CARI.

ELSA PERÒ SI È PRESA UN BEL RAFFREDDORE.
OGNI VOLTA CHE STARNUTISCE, SI FORMANO DEI
PUPAZZETTI DI NEVE! BISOGNA FERMARLI PRIMA CHE
DISTRUGGANO LA SALA DELLA FESTA! CI PENSA OLAF,
CHE LI CONSIDERA UN PO' I SUOI FRATELLINI.

ANNA SI ACCORGE CHE HA
UN PO' DI FEBBRE, MA ELSA
NON VUOLE ANDARE A LETTO
E ROVINARLE LA FESTA!
INTANTO KRISTOFF È APPENA
RIUSCITO A SALVARE LA TORTA
DALL'ASSALTO DEGLI OMINI DI NEVE.

POI, COME DA TRADIZIONE,
LA REGINA SUONA UN GRANDE
CORNO AFFINCHÉ TUTTO IL REGNO
PARTECIPI ALLA LORO GIOIA. LA FESTA
È RIUSCITA PROPRIO BENE, MA CHE FARE
ADESSO CON TUTTI QUEGLI OMINI DI NEVE?
KRISTOFF, SVEN E OLAF HANNO UN'OTTIMA IDEA:
IL PALAZZO DI GHIACCIO CHE ELSA AVEVA CREATO
CON LA SUA MAGIA SARÀ UN'OTTIMA CASA PER TUTTI LORO!

BAGHEERA, LA PANTERA NERA, HA TROVATO UN CUCCIOLO D'UOMO. "SE LO PORTO DA MAMMA LUPA, LEI POTRÀ ALLEVARLO CON I SUOI LUPACCHIOTTI," DICE. E COSÌ IL PICCOLO CRESCE INSIEME ALLA FAMIGLIA DI LUPI, CHE GLI DÀ ANCHE UN NOME: MOWGLI. UN GIORNO, PERÒ, LA TIGRE SHERE KHAN, FEROCE NEMICA DEGLI UOMINI, TORNA NELLA GIUNGLA E MOWGLI NON È PIÙ AL SICURO. ORMAI È DIVENTATO UN RAGAZZO ED È TEMPO CHE TORNI TRA I SUOI SIMILI. BAGHEERA LO ACCOMPAGNERÀ.

LA MATTINA DOPO, MOWGLI E LA PANTERA SI METTONO IN CAMMINO
VERSO UN VILLAGGIO DI UOMINI. LA GIUNGLA È PIENA DI PERICOLI,
EPPURE MOWGLI NON VUOLE LASCIARLA.
PREFERISCE RESTARE CON IL SUO NUOVO
AMICO, IL SIMPATICO ORSO BALOO CHE,
TRA BALLI E CANZONI, HA PROMESSO
DI INSEGNARGLI TUTTO QUELLO CHE SA.

A UN TRATTO, PERÒ, MOWGLI VIENE RAPITO
DA ALCUNE SCIMMIE CHE, SALTELLANDO
DI RAMO IN RAMO, LO PORTANO DA RE LUIGI.
IL GROSSO ORANGO VORREBBE CHE IL RAGAZZO
GLI INSEGNASSE IL SEGRETO DEL FUOCO,
MA LUI NON LO CONOSCE E RE LUIGI SI ARRABBIA!
PER FORTUNA, BAGHEERA E BALOO SALVANO
MOWGLI APPENA IN TEMPO. ANCORA UNA VOLTA,
PERÒ, LUI RIFIUTA DI ANDARE AL VILLAGGIO DEGLI UOMINI.
ANZI, SCAPPA NELLA GIUNGLA, ED ECCO CHE,
ALL'IMPROVVISO SI TROVA DAVANTI SHERE KHAN.

MOWGLI È IN PERICOLO, MA SA COME COMBATTERE. UN FULMINE
HA COLPITO E INCENDIATO IL RAMO DI UN ALBERO: IL RAGAZZO
LO AFFERRA E LO LEGA ALLA CODA DI SHERE KHAN CHE,
TERRORIZZATA DALLE FIAMME, FUGGE LONTANO.
ORA FINALMENTE MOWGLI HA CAPITO CHE È MEGLIO PER LUI
LASCIARE LA GIUNGLA. VICINO ALLE CAPANNE DEGLI UOMINI VEDE
UNA RAGAZZA CON UNA BROCCA D'ACQUA E LA SEGUE INCURIOSITO.
PRIMA DI ENTRARE NEL VILLAGGIO SI VOLTA PER SALUTARE GLI AMICI.
"BUONA FORTUNA, CUCCIOLO D'UOMO," GLI MORMORA BAGHEERA.

Il trofeo più importante

SAETTA McQUEEN E SALLY SONO APPENA ARRIVATI
A SANTA CARBURERA, DOVE DOMANI SI
TERRÀ L'ULTIMA GARA DEL TROFEO O-RAMA.
LA RIVALE DI SAETTA È CANDICE, UNA SCINTILLANTE
AUTOMOBILE ROSA, ALLIEVA DEL CAMPIONE CHICK HICKS.

"È UNA DI QUELLE CHE PENSANO DI RAGGIUNGERE LA GLORIA
SENZA NEANCHE ALLENARSI," DICE SAETTA GUARDANDOLA
MENTRE SI PAVONEGGIA.

VERSO SERA, SALLY PASSA DAVANTI AL QUARTIER GENERALE
DI CANDICE. "NESSUNO POTRÀ BATTERMI DOMANI, NEANCHE
McQUEEN," DICHIARA LEI AL SUO PUBBLICO… È PROPRIO
CONVINTA DI VINCERE!

SALLY È PREOCCUPATA, MA IL CAMPIONE È SICURO
DI CAVARSELA SENZA PROBLEMI.

SAETTA E CANDICE SONO SULLA LINEA DI PARTENZA.

"SAI," LE DICE LUI, "A VOLTE SI GUADAGNA DI PIÙ

PARTECIPANDO A UNA GARA PIUTTOSTO CHE VINCENDOLA."

"DAVVERO?" RISPONDE LEI CON TONO ARROGANTE.

"E COSA SI GUADAGNA?"

"BE', SI MIGLIORANO LE PRESTAZIONI E LO SPIRITO

DI SQUADRA..." INSISTE McQUEEN.

MA LEI NEMMENO LO ASCOLTA PIÙ: IL SUO UNICO INTERESSE

È VINCERE IL TROFEO.

LA GARA COMINCIA: McQUEEN PARTE A TUTTO GAS E VA SUBITO IN TESTA. CANDICE ACCELERA, LO SORPASSA E LO ABBAGLIA ORIENTANDO LA SUA CARROZZERIA SCINTILLANTE IN DIREZIONE DEL SOLE.

I RIFLESSI DISTRAGGONO IL CAMPIONE, CHE FINISCE FUORI PISTA.

"SAETTA, RESTA DIETRO DI LEI!" LO INCORAGGIA SALLY, DOPO CHE LUI HA RICOMINCIATO LA SUA CORSA. "SORPASSALA CON UNA BELLA SGOMMATA SOLO VICINO AL TRAGUARDO!"

CON UNA RIMONTA SPETTACOLARE, SAETTA RAGGIUNGE CANDICE
E RESTA DIETRO DI LEI, SEGUENDO IL CONSIGLIO DI SALLY.
CANDICE DEVIA VERSO LE DUNE E CON UNA MOSSA ESPERTA LANCIA
DELLA SABBIA CONTRO IL SUO RIVALE.
CHE GUAIO! McQUEEN NON VEDE PIÙ NIENTE E DEVE FERMARSI AI BOX
PER TOGLIERE LA SABBIA DAI FARI. NEL FRATTEMPO, CANDICE CORRE
VELOCE, SICURA CHE NESSUNO POTRÀ IMPEDIRLE DI TRIONFARE...

MA QUANDO ORMAI LA GARA STA PER FINIRE, CANDICE SI VOLTA
VERSO I FOTOGRAFI E... *CLIC, CLIC, CLIC*... RESTA ABBAGLIATA DAI
LORO FLASH! McQUEEN NON SI LASCIA SCAPPARE L'OCCASIONE:
ACCELERA A TUTTO GAS E TAGLIA IL TRAGUARDO PRIMA DI LEI.
ANCORA UNA VOLTA, SAETTA SALE SUL PODIO DA VINCITORE:
CHE BELLA SODDISFAZIONE! POI GUARDA SALLY E SORRIDE.
SA BENE CHE NESSUN TROFEO VALE QUANTO IL TEMPO
CHE LORO DUE RIESCONO A PASSARE INSIEME.

Disney · PIXAR

MONSTERS
UNIVERSITY

ALLA MONSTERS UNIVERSITY SI TIENE IL MIGLIOR
CORSO DI SPAVENTO DEL MONDO PER MOSTRI.
ANCHE SE NON FA PAURA A NESSUNO, MIKE SI È ISCRITTO PERCHÉ
VUOLE DIVENTARE UNO SPAVENTATORE DELLA MONSTERS & CO.
E SI IMPEGNA TANTISSIMO! TUTTO L'OPPOSTO DEL SUO COMPAGNO
SULLEY, CHE FA PAURA A TUTTI, MA NON STUDIA MAI!
AL PRIMO ESAME IMPORTANTE, SULLEY E MIKE COMBINANO
UN GROSSO GUAIO E LA DIRETTRICE LI CACCIA VIA. MIKE È DISPERATO,
PERÒ GLI VIENE SUBITO UN'IDEA: SE VINCERÀ AI GIOCHI DELLO
SPAVENTO POTRÀ ESSERE RIAMMESSO AL CORSO DI SPAVENTO.

PER POTER PARTECIPARE, PERÒ, MIKE HA BISOGNO DI UNA SQUADRA E LA TROVA NEGLI OK, UN GRUPPO DI STUDENTI… PER NULLA SPAVENTOSI. ANCHE SULLEY SI UNISCE A LORO.

LA PRIMA PROVA DEI GIOCHI È UN DISASTRO! GLI OK ARRIVANO ULTIMI E SONO ELIMINATI. PER FORTUNA SI SCOPRE CHE UNA SQUADRA HA BARATO E VIENE SQUALIFICATA, COSÌ GLI OK RIENTRANO IN GIOCO. SUPERANO LA SECONDA PROVA SENZA TROPPE DIFFICOLTÀ. E ANCHE LA TERZA PROVA, CHE SI SVOLGE IN UN LABIRINTO, È UN SUCCESSO!

ALLA PROVA DI NASCONDINO GLI OK DANNO IL LORO MEGLIO.
ORA IN GARA RESTANO SOLTANTO LORO E LA SQUADRA DEI ROR.
NELLA PROVA FINALE, I MEMBRI DELLE DUE FAZIONI DEVONO
TERRORIZZARE DEI BAMBINI ROBOT. SULLEY HA ALLENATO MIKE
A RUGGIRE NEL MODO PIÙ SPAVENTOSO POSSIBILE, MA NON È
SICURO CHE IL SUO AMICO CE LA FARÀ. EPPURE MIKE SORPRENDE
TUTTI CON UN URLO POTENTISSIMO E GLI OK VINCONO
IL TROFEO DEI GIOCHI DELLO SPAVENTO!

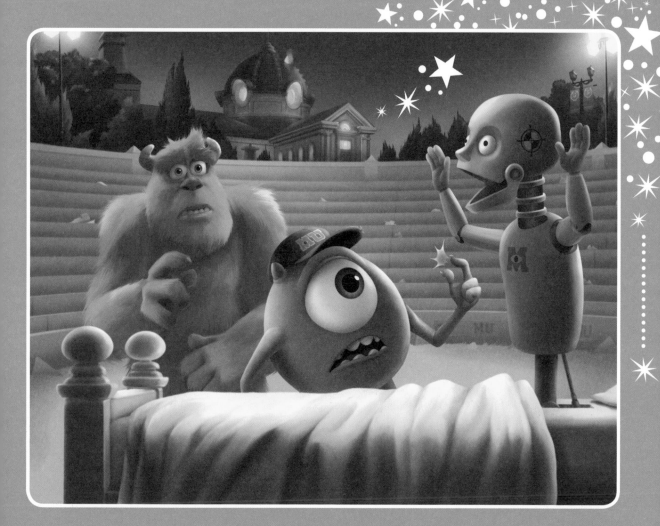

PURTROPPO, DOPO I FESTEGGIAMENTI, MIKE SCOPRE CHE SULLEY
AVEVA BARATO PER FARLI VINCERE. DELUSO, DECIDE DI ANDARE NEL
LABORATORIO DOVE CI SONO LE PORTE CHE PERMETTONO DI PASSARE
NEL MONDO DEGLI UMANI.
MIKE VUOLE DIMOSTRARE A TUTTI CHE LUI FA DAVVERO PAURA. PASSA
ATTRAVERSO UNA PORTA, SI AVVICINA AL LETTO DI UNA BAMBINA E...
ROOAARR! MA DOPO QUEL RUGGITO LA PICCOLA SCOPPIA A RIDERE.

SULLEY RAGGIUNGE IL SUO AMICO
PER AIUTARLO, MA LA DIRETTRICE
DELL'UNIVERSITÀ FA DISATTIVARE
LA PORTA DI PASSAGGIO.
COSÌ MIKE E SULLEY SI RITROVANO
PRIGIONIERI NEL MONDO UMANO.
QUANDO LE GUARDIE CERCANO
DI CATTURARLI, SULLEY RUGGISCE COSÌ FORTE CHE
LA PORTA ESPLODE, E I DUE AMICI TORNANO NEL MONDO DEI MOSTRI.

ALL'UNIVERSITÀ TUTTI SONO STUPITI: NESSUNO ERA STATO CAPACE
DI FARE UNA COSA SIMILE FINO AD ALLORA.
PERÒ SULLEY E MIKE HANNO BARATO NEI GIOCHI E NON
HANNO RISPETTATO LE REGOLE, PERCIÒ LA DIRETTRICE
È COSTRETTA A MANDARLI VIA.
A QUESTO PUNTO, I DUE AMICI HANNO UN'IDEA: LAVORERANNO
NEL REPARTO CORRISPONDENZA DELLA MONSTERS & CO.
IN FONDO C'È SEMPRE TEMPO PER FARE CARRIERA E DIVENTARE
UN GRANDE SPAVENTATORE, PENSA MIKE. E SULLEY È D'ACCORDO!

Disney
FROZEN

I fratellini
di neve

O LAF È APPENA ARRIVATO AL PALAZZO DI GHIACCIO DOVE VIVONO I SUOI FRATELLINI DI NEVE. HA IN MENTE DI PASSARE TUTTA LA GIORNATA A GIOCARE CON LORO. QUANDO APRE LA PORTA DEL PALAZZO, SI RITROVA IN UNA SALA GHIACCIATA PIENA DI OMINI DI NEVE CHE SALTELLANO DA TUTTE LE PARTI.

IN UN ANGOLO
C'È MARSHMALLOW,
STANCO. POCO MALE,
PENSA OLAF, CHE
INVECE SI SENTE
PIENO DI ENERGIA
E INVITA I SUOI
FRATELLINI A FARE
LE PIROETTE
SUL GHIACCIO.

GLI OMINI COMINCIANO A PATTINARE
DIETRO DI LUI, MA SONO COSÌ VELOCI CHE
PASSANO ATTRAVERSO LA SUA PANCIA!

LA PORTA DEL PALAZZO È RIMASTA APERTA E GLI OMINI DI NEVE
SI PRECIPITANO FUORI SENZA PENSARCI DUE VOLTE.
"EHI, DOVE ANDATE? RESTATE QUI!" STRILLA OLAF. HA PAURA
CHE SI PERDANO, MA NESSUNO DEI FRATELLINI GLI DÀ RETTA.
GLI OMINI VOGLIONO GIOCARE CON MARSHMALLOW SULLA SCALA
DEL PALAZZO. E LUI, ANCHE SE È STANCO, LI ACCONTENTA.

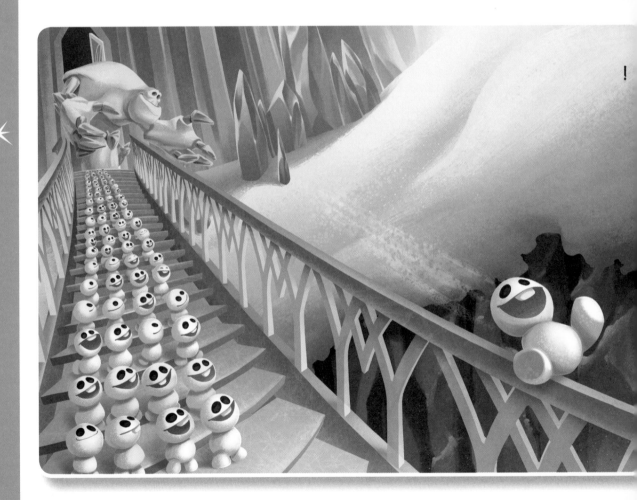

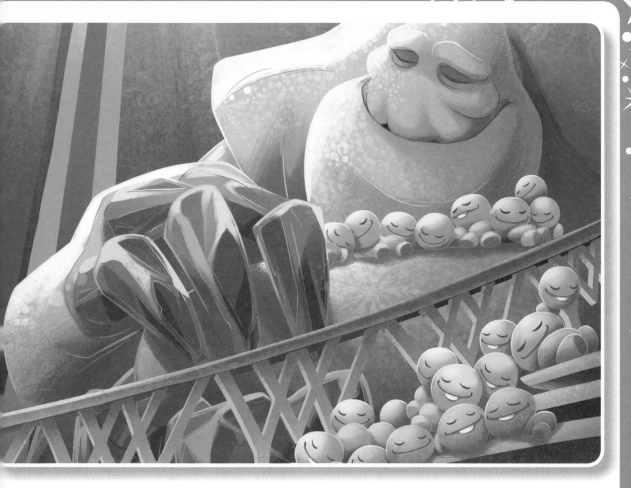

UNO ALLA VOLTA, LI FA SCIVOLARE SULLA RINGHIERA. IL GIOCO È COSÌ
BELLO CHE, OGNI VOLTA CHE ARRIVANO IN FONDO, TUTTI TORNANO
SU PER FARSI UN ALTRO GIRO. E VANNO AVANTI PER ORE E ORE!
QUANDO TRAMONTA IL SOLE, QUALCUNO FINALMENTE COMINCIA A
SBADIGLIARE. È ARRIVATO IL MOMENTO DI FARE UNA BELLA DORMITA.
"BUONANOTTE, FRATELLINI!" SUSSURRA OLAF. "E BUON RIPOSO ANCHE
A TE, MARSHMALLOW… NE HAI PROPRIO BISOGNO."

Disney · PIXAR

GLI INCREDIBILI
UNA "NORMALE" FAMIGLIA DI SUPEREROI

MR. INCREDIBILE È UN SUPEREROE DALLA FORZA STRAORDINARIA. IL SUO COMPITO È PROTEGGERE MUNICIBERG DAI CRIMINALI. NELLA STESSA CITTÀ OPERA ELASTIGIRL, LA RAGAZZA ESTENSIBILE. UN GIORNO I DUE SI INCONTRANO PERCHÉ INSEGUONO LO STESSO LADRO, S'INNAMORANO E SI SPOSANO. QUANDO IN CITTÀ TORNA LA PACE E NON SERVONO PIÙ I SUPEREROI, MR. INCREDIBILE ED ELASTIGIRL ASSUMONO L'IDENTITÀ DI BOB ED HELEN PARR. ADESSO SONO UNA COPPIA NORMALE CHE NON PUÒ PIÙ USARE I SUPERPOTERI.

BOB ED HELEN HANNO TRE FIGLI: VIOLETTA, CHE PUÒ DIVENTARE
INVISIBILE E CREARE DEI CAMPI DI FORZA; FLASH, CHE SA CORRERE
VELOCE COME UN FULMINE; IL PICCOLO JACK-JACK, CHE... SEMBRA
NON AVERE ALCUN POTERE! BOB, PERÒ, SI STANCA PRESTO DI FARE
UNA VITA NORMALE... COSÌ, QUANDO UNA DONNA DI NOME MIRAGE
LO CONTATTA PER ASSEGNARGLI UNA MISSIONE SEGRETA, LUI ACCETTA.
NEI PANNI DI MR. INCREDIBILE, USA LA SUA GRANDE FORZA PER
BATTERE L'AVVERSARIO E MIRAGE, SODDISFATTA, PROMETTE
DI CHIAMARLO PRESTO PER ALTRE MISSIONI.

PER MR. INCREDIBILE È DI NUOVO TEMPO DI SFIDE: IL SUO NEMICO
STAVOLTA È UN OMNIDROIDE MOLTO POTENTE E CREATO DA BUDDY,
UN VECCHIO AMMIRATORE DEL SUPEREROE. BUDDY ADESSO SI FA
CHIAMARE SINDROME. È DIVENTATO UN TEMIBILE CRIMINALE CHE
CON ABILI MOSSE CATTURA BOB: VUOLE TENERLO PRIGIONIERO
MENTRE L'OMNIDROIDE DISTRUGGE LA CITTÀ!

NEL FRATTEMPO HELEN CAPISCE CHE SUO MARITO È TORNATO
NELLE VESTI DI SUPEREROE. DOPO AVERE SCOPERTO DOVE È TENUTO
PRIGIONIERO, LEI, VIOLETTA E FLASH CORRONO IN SUO AIUTO.
MA SINDROME CATTURA ANCHE LORO CON UN RAGGIO PARALIZZANTE!
PER FORTUNA, GRAZIE AI SUOI POTERI, VIOLETTA CREA UN CAMPO
DI FORZA E RIESCE A LIBERARSI! COSÌ, LA SUPERFAMIGLIA PUÒ
TORNARE A MUNICIBERG PER CERCARE DI SALVARE LA SITUAZIONE.

INTANTO, IL POTENTE OMNIDROIDE È SFUGGITO AL CONTROLLO DI SINDROME E STA DISTRUGGENDO LA CITTÀ. GLI INCREDIBILI ARRIVANO GIUSTO IN TEMPO PER FERMARLO E, ARRABBIATO, SINDROME RAPISCE JACK-JACK VOLANDO VIA CON I SUOI STIVALI A RAZZO. PER IL PIÙ PICCOLO DI FAMIGLIA È ARRIVATO IL MOMENTO DI RIVELARE IL SUO SUPERPOTERE: SI TRASFORMA IN UN MOSTRICIATTOLO E TERRORIZZA IL SUPER CATTIVO, CHE LO LASCIA CADERE NEL VUOTO.

JACK-JACK ORA STA PRECIPITANDO!
BOB LANCIA HELEN VERSO DI LUI.
LEI LO AFFERRA E SI TRASFORMA
IN PARACADUTE PORTANDOLO
IN SALVO. SINDROME, INTANTO,
CERCA DI SCAPPARE CON IL SUO JET,
MA QUALCOSA VA STORTO E IL VELIVOLO
ESPLODE NEL CIELO.

MINACCIA SVANITA! GLI INCREDIBILI POSSONO TORNARE ALLA LORO
VITA TRANQUILLA E... NORMALE. IN ATTESA CHE GLI ABITANTI DELLA
CITTÀ ABBIANO DI NUOVO BISOGNO DEI LORO SUPERPOTERI.

FERGUS ED ELINOR SONO DUE SOVRANI MOLTO AMATI. GRAZIE ALLA LORO SAGGEZZA, INFATTI, TUTTI I CLAN DEL REGNO DI DUNBROCH VIVONO IN PACE. LA REGINA DESIDERA CHE LA FIGLIA MAGGIORE, MERIDA, SI SPOSI AL PIÙ PRESTO CON QUALCUNO DEGNO DI LEI. MA LA GIOVANE NON È ASSOLUTAMENTE D'ACCORDO! DESIDERA SOLTANTO FARE CIÒ CHE LE PIACE DI PIÙ, CIOÈ GALOPPARE LIBERA NEL BOSCO E TIRARE CON L'ARCO.

INVITATI DAL RE, UN GIORNO I TRE CLAN PIÙ IMPORTANTI DEL REAME
SI SFIDANO PER OTTENERE LA MANO DELLA PRINCIPESSA. MA MERIDA,
CHE NON HA INTENZIONE DI SPOSARSI, A SORPRESA ENTRA IN GARA
E VINCE IL TORNEO. LA REGINA ELINOR SI ARRABBIA MOLTISSIMO!
DURANTE LA DISCUSSIONE, LA GIOVANE STRAPPA L'ARAZZO
DI FAMIGLIA E FUGGE COL SUO CAVALLO NEL BOSCO, DOVE
INCONTRA UNA VECCHIA STREGA. MERIDA SUPPLICA LA DONNA
DI AIUTARLA A FAR CAMBIARE IDEA A SUA MADRE.

LE STREGA FA UNA MAGIA E CONSEGNA
UN DOLCE A MERIDA CHE, TORNATA
A CASA, NE OFFRE UN PO' ALLA MADRE.
ELINOR LO ASSAGGIA E... SI TRASFORMA
IN UN ORSO! RE FERGUS LA ATTACCA,
SCAMBIANDOLA PER IL FEROCE MOR'DU,
CHE TEMPO PRIMA LO AVEVA AGGREDITO!
PER FORTUNA, LA REGINA RIESCE
A FUGGIRE NEL BOSCO CON MERIDA.
LE DUE SPERANO DI TROVARE LA STREGA
E ANNULLARE L'INCANTESIMO.

POCO DOPO MADRE E FIGLIA SI IMBATTONO NEL VERO
MOR'DU, CHE IN REALTÀ È UN PRINCIPE TRASFORMATO
IN BESTIA DALLA STREGA. MA, PER FORTUNA, ANCORA
UNA VOLTA RIESCONO A METTERSI IN SALVO E A TORNARE
AL CASTELLO DOVE, PER ANNULLARE IL SORTILEGIO,
LA PRINCIPESSA DOVRÀ RICUCIRE L'ARAZZO DI FAMIGLIA.
QUANDO RE FERGUS LE VEDE, PERÒ, RICOMINCIA LA CACCIA
AL MOSTRO… ELINOR È IN PERICOLO E MERIDA NON PUÒ PIÙ
AIUTARLA: SUO PADRE L'HA RINCHIUSA PER PROTEGGERLA.

LA PRINCIPESSA È DISPERATA. NEL FRATTEMPO, ANCHE I SUOI TRE FRATELLINI HANNO MANGIATO IL DOLCE STREGATO E SI SONO TRASFORMATI IN ORSACCHIOTTI! SALTELLANDO QUA E LÀ LIBERANO LA SORELLA, MONTANO IN GROPPA AL CAVALLO E VANNO INSIEME A LEI IN CERCA DELLA MADRE. MENTRE CAVALCA, LA PRINCIPESSA RICUCE L'ARAZZO E QUANDO DAVANTI A LORO APPARE L'ORSA-REGINA, IL RE STA PER UCCIDERLA. "FERMO! NON È MOR'DU!" URLA MERIDA. POI SI PREPARA AD AFFRONTARLO CON LA SUA SPADA.

RE FERGUS CAPISCE IL SUO ERRORE QUANDO IL VERO MOR'DU SALTA
FUORI DAL BOSCO E LI ATTACCA. VEDENDO LA FIGLIA IN PERICOLO,
L'ORSA-REGINA SI LANCIA CONTRO L'ANIMALE FEROCE E LO SCONFIGGE,
MA SI FERISCE. MERIDA, DISPERATA, ABBRACCIA LA MADRE. "TI VOGLIO
BENE, TORNA COM'ERI," LE DICE AVVOLGENDOLA NELL'ARAZZO.
E SUBITO L'INCANTESIMO SVANISCE! ELINOR E I SUOI TRE FIGLI
RIPRENDONO IL LORO ASPETTO UMANO. CHE FELICITÀ PER RE FERGUS
E LA SUA FAMIGLIA! QUANTO A MERIDA, ADESSO TUTTI SANNO CHE UN
GIORNO DIVENTERÀ UNA REGINA SAGGIA, CORAGGIOSA... E LIBERA!

Cricketto vicesceriffo

TRE BOLIDI RUMOROSI PASSANO A TUTTA VELOCITÀ SULLA STRADA PRINCIPALE DI RADIATOR SPRINGS.

"EHI! FATE PIANO!" URLA SALLY INFASTIDITA DA QUEL COMPORTAMENTO. POI RAGGIUNGE SCERIFFO E FILLMORE VICINO AL SEMAFORO LAMPEGGIANTE.

"QUELLE MACCHINE ANDAVANO TROPPO VELOCI," DICE A SCERIFFO. "BISOGNAVA FERMARLE!"

IN QUEL MOMENTO ARRIVA CRICKETTO, CHE È APPENA STATO
DAL CARROZZIERE RAMON.

"GUARDATE COM'È BELLA LA MIA NUOVA PORTIERA BIANCA!" DICE
SODDISFATTO AGLI AMICI.

A SALLY VIENE UN'IDEA: SU TUTTO QUEL BIANCO CI STAREBBE BENE
UNO STEMMA DA SCERIFFO! POI CHIEDE A CRICKETTO SE GLI VA DI
CONTROLLARE CHE TUTTI RISPETTINO IL LIMITE DI VELOCITÀ IN CITTÀ.

"POTETE CONTARE SU DI ME!" RISPONDE LUI.

"OTTIMO!" SI RALLEGRA SALLY. "ALLORA AIUTERAI SCERIFFO."

NEL POMERIGGIO CRICKETTO VIENE NOMINATO
VICESCERIFFO. TUTTO PROCEDE BENE FINO
A QUANDO I TRE BOLIDI NON RIPASSANO A TUTTA
VELOCITÀ SULLA STRADA. SI COMPORTANO DA VERI
MALEDUCATI, MA CRICKETTO SA COSA FARE.

"BUONGIORNO!" LI SALUTA DOPO AVERLI BLOCCATI.
"SIAMO FELICI CHE LA NOSTRA CITTÀ VI PIACCIA,
MA POTRESTE ANDARE MENO VELOCI?"
POI IL CARRO ATTREZZI INDICA
IL SEMAFORO LAMPEGGIANTE.
"A PARTIRE DA ORA, QUANDO
VEDRETE QUEL SEMAFORO DOVRETE
RALLENTARE. AVETE CAPITO?"
I MOTORI DEI BOLIDI SMETTONO
DI RUGGIRE: SÌ, HANNO CAPITO.
CON CRICKETTO VICESCERIFFO
LE STRADE DI RADIATOR SPRINGS
SONO MOLTO PIÙ SICURE!

Disney · PIXAR

ALLA RICERCA DI
DORY

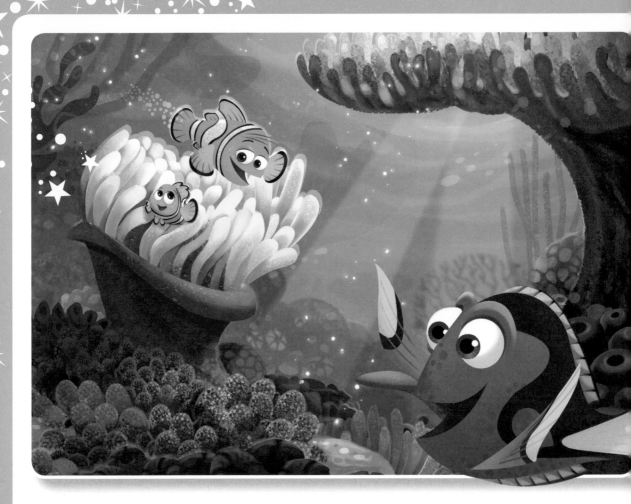

DORY È UNA PESCIOLINA CHE DIMENTICA SUBITO QUELLO CHE LE SUCCEDE. A CAUSA DI QUESTO PROBLEMA, SI È PERDUTA QUANDO ERA PICCOLA E NON HA PIÙ RITROVATO I SUOI GENITORI. ADESSO ABITA VICINO A MARLIN E NEMO, I SUOI GRANDI AMICI. UN GIORNO LE TORNA IN MENTE IL NOME DI UN POSTO: IL GIOIELLO DI MORRO BAY. "È LÀ CHE VIVONO I MIEI GENITORI!" ESCLAMA DORY. E DECIDE DI PARTIRE ALLA LORO RICERCA INSIEME A MARLIN E NEMO.

QUEL POSTO SI TROVA
IN CALIFORNIA.
QUANDO ARRIVANO
LÌ, DORY VIENE
CATTURATA DA
UNA DONNA, CHE
LA PORTA IN UN
PARCO MARINO. LA
PESCIOLINA FINISCE IN
UNA VASCA DI VETRO,
CON UNA TARGHETTA
SU UNA PINNA.

"CIAO, PICCOLA,
IO MI CHIAMO HANK!"
LA SALUTA UN GROSSO
POLPO. GRAZIE A LUI,
DORY SCOPRE CHE
IL PARCO MARINO
IN CUI SI TROVA È
PROPRIO IL GIOIELLO
DI MORRO BAY!

HANK SPIEGA A DORY CHE LA TARGHETTA SIGNIFICA CHE LA PORTERANNO A CLEVELAND, PROPRIO DOVE VUOLE ANDARE LUI. COSÌ LE PROPONE DI AIUTARLA A TROVARE I GENITORI IN CAMBIO DELLA TARGHETTA. ALL'INIZIO I DUE FINISCONO NELLA VASCA DI DESTINY, UNO SQUALO BALENA. QUANDO DORY LE PARLA, DESTINY LA RICONOSCE. "ERAVAMO AMICHE DA PICCOLE!" LE SPIEGA LO SQUALO BALENA. "TU ABITAVI ALLA MOSTRA ALTO MARE." È LÌ CHE DEVE ANDARE DORY!

ARRIVATA NELLA VASCA DELLA MOSTRA ALTO MARE, DORY RICONOSCE
DOVE AVEVA VISSUTO. FELICE, RINGRAZIA HANK E GLI CONSEGNA LA
SUA TARGHETTA, COSÌ LUI POTRÀ ANDARE A CLEVELAND. POCO DOPO,
PERÒ, SI ACCORGE CHE NELLA VASCA NON CI SONO PESCI DELLA SUA
RAZZA. DUE GRANCHI LE SPIEGANO CHE SONO STATI SPOSTATI TUTTI
IN UN'ALTRA VASCA, IN ATTESA DI PARTIRE PER... CLEVELAND!

CON LA GUIDA DI BAILEY,
UN BELUGA, DORY TROVA LA VASCA
GIUSTA. DURANTE IL TRAGITTO
INCONTRA MARLIN E NEMO E INSIEME
RAGGIUNGONO LA VASCA IN PARTENZA
PER CLEVELAND, DOVE TROVANO
ANCHE HANK. PURTROPPO, PERÒ, DORY
SCOPRE CHE I GENITORI NON CI SONO!
HANK AIUTA DORY A TORNARE
NELL'OCEANO, MENTRE MARLIN E NEMO,
INSIEME AL POLPO, VENGONO CARICATI
SU UN CAMION PER CLEVELAND.
IN MARE APERTO, DORY RITROVA
FINALMENTE I SUOI GENITORI.

CON L'AIUTO DI DESTINY, BAILEY E DEI SUOI GENITORI, DORY RIESCE A RINTRACCIARE IL CAMION. HANK SPAVENTA GLI AUTISTI E SI METTE ALLA GUIDA DEL VEICOLO. APPENA VEDE UN PONTE SUL MARE, CI SALE SOPRA, ESCE DI STRADA E TUTTI I PESCI DEL CAMION SI TUFFANO IN ACQUA. VIVA LA LIBERTÀ!

PER DORY COMINCIA UNA NUOVA VITA FELICE. CON LEI CI SONO MAMMA, PAPÀ, MARLIN, NEMO E TUTTI I NUOVI AMICI CHE HA INCONTRATO DURANTE QUESTA INCREDIBILE AVVENTURA.

È L'ANNO 2805. SULLA TERRA INQUINATA E ABBANDONATA DAGLI
UOMINI, È RIMASTO SOLO UN ROBOT SPAZZINO. SI CHIAMA WALL•E
E PASSA LE SUE GIORNATE A RACCOGLIERE E COMPATTARE RIFIUTI.
UN GIORNO TROVA UNA PICCOLA PIANTA VERDE. È LA PRIMA
VOLTA CHE NE VEDE UNA: LA PRENDE E LA PORTA A CASA
SUA. UNA SERA DAL CIELO ARRIVA UN RAZZO SPAZIALE:
DEPOSITA UNA SONDA BIANCA E RIPARTE.

"MI CHIAMO EVE," DICE LA SONDA A WALL·E. IL ROBOT
SPAZZINO È FELICE DI AVERE FINALMENTE UN'AMICA!
QUANDO LE MOSTRA CON ORGOGLIO LA SUA PIANTA,
SUL PETTO DI EVE SI ACCENDE UNA SPIA LUMINOSA
VERDE. POI LA SONDA S'IMPOSSESSA DELLA PIANTA,
LA INFILA NELLA SUA PANCIA E SI DISATTIVA. WALL·E
NON CAPISCE: CHE COSA LE È SUCCESSO? TENTA
DI RIATTIVARLA, MA NON CI RIESCE.

IL GIORNO DOPO, TORNA A RIPRENDERE EVE CON UN
BRACCIO MECCANICO. IL POVERO WALL•E NON VUOLE
PERDERE L'UNICA AMICA CHE HA! POI, SI AGGRAPPA
A UN RAZZO E VOLA VIA CON LEI. DOPO UN PO',
IL VEICOLO SPAZIALE ATTERRA SU UNA GIGANTESCA
ASTRONAVE, DOVE VIVONO TANTI ESSERI UMANI. SONO
COSÌ GRASSI CHE NON RIESCONO PIÙ A CAMMINARE
E SI MUOVONO SU DELLE POLTRONE FLUTTUANTI!

WALL•E SEGUE LA SUA AMICA FINO ALLA CABINA DI PILOTAGGIO.
AUTO, IL COMPUTER DI BORDO, RIATTIVA LA SONDA. SUBITO LA SPIA
LUMINOSA VERDE DI EVE COMINCIA A LAMPEGGIARE. SI SCOPRE CHE
SE ESISTONO ANCORA DELLE PIANTE, LA TERRA NON È PIÙ INQUINATA!
MA NELLA PANCIA DI EVE LA PIANTA NON C'È PIÙ! GLIEL'HA PORTATA
VIA AUTO PERCHÉ NON VUOLE CHE GLI UMANI TORNINO SULLA TERRA.
PERÒ WALL•E HA VISTO TUTTO E SA BENE CHE EVE NON È DIFETTOSA.

WALL·E RIESCE A RECUPERARE LA PIANTA SCOMPARSA
E AUTO LO ATTACCA, CERCANDO IN TUTTI I MODI DI
DISTRUGGERLO. QUANDO TUTTO SEMBRA PERDUTO,
INTERVIENE IL COMANDANTE DELL'ASTRONAVE, CHE
DISATTIVA PER SEMPRE IL SUO COMPUTER DI BORDO.

POI, IL COMANDANTE INSERISCE LA PIANTA IN UN ALTRO DISPOSITIVO.
"ORIGINE DELLA PIANTA RICONOSCIUTA," DICE UNA VOCE
ELETTRONICA. "RITORNO SULLA TERRA AVVIATO."
AL SUO RITORNO SULLA TERRA, WALL•E È TUTTO ROTTO E HA PERSO
LA MEMORIA. EVE, PERÒ, SA COME RIPARARLO. E MENTRE GLI UOMINI
RICOMINCIANO A PRENDERSI CURA DEL LORO PIANETA, DUE EROICI
ROBOT SI PROMETTONO CHE SARANNO AMICI PER SEMPRE.

Disney
FROZEN

Un troll coraggioso

KRISTOFF E I SUOI AMICI SONO ANDATI NEL REGNO DEI TROLL.
OGNI ANNO GRANPAPÀ, IL PIÙ ANZIANO DEI TROLL, ORGANIZZA
LA CERIMONIA DEI CRISTALLI.

"LA CELEBRAZIONE AVVIENE DURANTE L'AURORA BOREALE," SPIEGA
BULDA, LA MADRE ADOTTIVA DI KRISTOFF. "I CRISTALLI DEI PICCOLI
TROLL E LE LUCI MAGICHE DEL NORD DEVONO BRILLARE INSIEME."

ANCHE PICCOLA ROCCIA ANDRÀ ALLA CERIMONIA, MA È PREOCCUPATO
PERCHÉ IL SUO CRISTALLO DA CERCATORE NON BRILLA. SENZA, NON
POTRÀ PARTECIPARE. E GRANPAPÀ NON PUÒ AIUTARLO, NON SI TROVA!
"È GIÀ ANDATO A OSSERVARE L'AURORA BOREALE," SPIEGA BULDA.
ALLORA KRISTOFF PROPONE A PICCOLA ROCCIA DI PARTIRE INSIEME
A LORO ALLA RICERCA DI GRANPAPÀ. PICCOLA ROCCIA È CONTENTO,
MA HA UN PO' PAURA DEL VIAGGIO.

PER DISTRARLO, ELSA INIZIA A RACCONTARE UNA STORIA.
"I NOSTRI GENITORI CI HANNO PORTATI IN PIENA NOTTE SULLA CIMA DI UNA MONTAGNA."
"ALL'INIZIO AVEVO PAURA DEL BUIO, MA POI SONO ARRIVATE LE LUCI DEL NORD!" CONTINUA ANNA. "E PER VEDERLE PIÙ DA VICINO," AGGIUNGE ANCORA ELSA. "HO CREATO UNA SCALA DI GHIACCIO."
"ERA UNA VERA MAGIA!" ESCLAMA ANNA.
PICCOLA ROCCIA ADESSO SI SENTE MEGLIO.

NEL REGNO DEI TROLL CHI SUPERA LE PROPRIE PAURE
OTTIENE SEMPRE UNA RICOMPENSA.
"VI MERITATE IL CRISTALLO DEL CORAGGIO!" DICE
PICCOLA ROCCIA, CONSEGNANDO ALLE DUE SORELLE
UN CRISTALLO SCINTILLANTE.
SUBITO DOPO, RIPARTE ALLA RICERCA DI GRANPAPÀ, MA...
"HAI SBAGLIATO DIREZIONE!" LO RICHIAMA KRISTOFF.
PICCOLA ROCCIA CI RESTA MALE. ELSA E ANNA LO
CONSOLANO: "CORAGGIO! SEI UN BRAVO CERCATORE!"
E IL GIOVANE TROLL, SORRIDE. SA CHE CE LA FARÀ.

DISNEP

ALICE

nel

PAESE DELLE
MERAVIGLIE

SEDUTA SUL RAMO DI UN ALBERO, ALICE
SI LASCIA CULLARE DALLA VOCE DI SUA
SORELLA. UN RUMORE IMPROVVISO
ATTIRA LA SUA ATTENZIONE.
"DEVO MUOVERMI! SONO IN RITARDO!"
DICE UN CONIGLIO CHE VA DI FRETTA.
"CHE CI FA QUI UN CONIGLIO BIANCO
COL PANCIOTTO E UN OROLOGIO?"
SI STUPISCE ALICE. LA BAMBINA
LO INSEGUE DENTRO A UNA BUCA.
POI ARRIVA DAVANTI A UNA PORTA MINUSCOLA.

PER ENTRARE, DOVRÀ BERE UNA POZIONE DA UNA BOTTIGLIETTA.
ALICE LO FA E DIVENTA PICCOLISSIMA! MA LA PORTA È CHIUSA A CHIAVE,
E LA CHIAVE È RIMASTA SUL TAVOLO. LA SERRATURA INDICA ALLA
BAMBINA DEI BISCOTTI… LA PICCOLA NE MANGIA UNO E DIVENTA COSÌ
GRANDE DA TOCCARE IL SOFFITTO CON LA TESTA! ADESSO È DISPERATA,
POI SI RICORDA DELLA POZIONE SUL TAVOLO: LA BEVE ANCORA
E TORNA MINUSCOLA. GALLEGGIANDO SUL LAGO DELLE SUE LACRIME,
ALICE RIESCE A PASSARE ATTRAVERSO LA SERRATURA.

AL DI LÀ DELLA PORTA, C'È UNO STRANO PAESE. ALICE INCONTRA
UN BRUCO CHE FA NUVOLE DI FUMO A FORMA DI LETTERE. È SEDUTO
SU UN FUNGO E LE CONSIGLIA DI STACCARNE DUE PEZZETTI:
UNO LA FARÀ CRESCERE, L'ALTRO LA FARÀ RIMPICCIOLIRE.
LA BAMBINA LI PRENDE E LI CONSERVA NELLA TASCA.
A UN INCROCIO VEDE APPARIRE UN GRANDE SORRISO,
E INTORNO AL SORRISO UNO STRANO GATTO,
ANZI UNO STREGATTO!

ALICE GLI CHIEDE AIUTO PER RITROVARE LA SUA STRADA.
"QUI LE STRADE SONO TUTTE DELLA REGINA," RISPONDE
LO STREGATTO. POI LE MOSTRA UN PASSAGGIO SEGRETO
CHE PORTA A UN CASTELLO. LA BAMBINA LO ATTRAVERSA
E SI TROVA IN UN GIARDINO, DOVE DELLE CARTE DA
GIOCO STANNO DIPINGENDO DI ROSSO DELLE ROSE
BIANCHE. POCO DOPO ARRIVANO LA REGINA DI CUORI
E IL CONIGLIO BIANCO, CHE È IL TROMBETTIERE DI CORTE.

QUANDO VEDE LE ROSE BIANCHE, SUA MAESTÀ VA SU TUTTE LE FURIE.
PER QUESTO I SUOI GIARDINIERI LE STAVANO DIPINGENDO DI ROSSO.
"VI TAGLIO LA TESTA!" URLA LA REGINA. MA QUANDO VEDE ALICE,
SI CALMA E LA INVITA A GIOCARE A CROQUET CON LEI. DURANTE
LA PARTITA, LO STREGATTO FA CADERE LA SOVRANA A GAMBE ALL'ARIA.
LA REGINA CREDE CHE SIA STATA LA BAMBINA A FARLA INCIAMPARE!

"TAGLIATELE LA TESTA!" GRIDA ANCORA SUA MAESTÀ. PER ALICE
È ARRIVATO IL MOMENTO DI SCAPPARE. PRENDE I PEZZETTI
DI FUNGO DALLA TASCA, LI MANGIA E DIVENTA GIGANTESCA.
PRIMA DI RIMPICCIOLIRE DI NUOVO RIESCE A SCAPPARE DAL
CASTELLO... "ALICE?" LA VOCE DI SUA SORELLA LA SVEGLIA.
"ALLORA ERA SOLO UN SOGNO..." MORMORA LA BAMBINA.
PECCATO, PERCHÉ QUEL PAESE DELLE MERAVIGLIE ERA
DAVVERO STRANO... MA DIVERTENTE!

Disney · PIXAR

Cars

Il coniglietto
di Pasqua

A RADIATOR SPRINGS TUTTI ASPETTANO LA FESTA DI PASQUA. MA NESSUNO È PIÙ IMPAZIENTE DI CRICCHETTO! SAETTA NON VUOLE DELUDERLO: FARÀ FINTA DI ESSERE IL CONIGLIO DI PASQUA E METTERÀ UN PO' DI BULLONI E TANICHE D'OLIO NEL SUO CESTINO DI GOMMA.

CON UN TETTUCCIO A FORMA DI ORECCHIE, SAETTA
SI NASCONDE DIETRO CASA DEL SUO AMICO E ASPETTA
CHE SI ADDORMENTI PER LASCIARE I SUOI DONI. ECCO,
È ARRIVATO IL MOMENTO GIUSTO: IL CARRO ATTREZZI STA
RUSSANDO. IL CAMPIONE AVANZA LENTAMENTE, MA NON
STA ATTENTO A DOVE METTE LE RUOTE E...

... *TUUUT!* PARTE L'ALLARME CHE CRICKETTO AVEVA MESSO
PER SORPRENDERE IL CONIGLIO DI PASQUA.

"È ARRIVATO! TU L'HAI VISTO?" CHIEDE IL CARRO ATTREZZI AL SUO
AMICO. POI INSISTE PER CERCARLO IN OGNI ANGOLO DELLA CITTÀ.
ALLA FINE, STANCO DI TUTTE QUELLE CORSE, SI RIADDORMENTA.
SAETTA CI RIPROVA: PIANO PIANO SI DIRIGE VERSO IL CESTINO
DI CRICKETTO, MA COLPISCE DEI BARATTOLI PIENI DI VERNICE.
E SI RITROVA TUTTO COLORATO!
"SAETTA, GUARDA!" ESCLAMA CRICKETTO DI NUOVO SVEGLIO.
"IL CONIGLIO DI PASQUA TI HA DECORATO LA CARROZZERIA!"

I DUE AMICI CONTINUANO A CERCARE IL CONIGLIO FINO
ALL'INGRESSO DELLA CITTÀ. POI SI ADDORMENTANO ENTRAMBI!
DURANTE LA NOTTE, QUALCUNO TRAVESTITO DA CONIGLIO
SI AVVICINA AI LORO CESTINI DI GOMMA. QUANDO
FINALMENTE SORGE IL SOLE...
"SVEGLIATI, SAETTA!" GRIDA ENTUSIASTA CRICKETTO.
"IL CONIGLIO DI PASQUA È PASSATO DA QUI!"
I CESTINI DI CRICKETTO E SAETTA SONO PIENI DI DONI!
"BUONA PASQUA, AMICO MIO!" GRIDA IL CARRO ATTREZZI.

Disney · PIXAR
INSIDE OUT

OGGI È NATA RILEY ANDERSEN. SUBITO APPARE GIOIA: È LEI CHE INSERISCE LE CINQUE SFERE DORATE DELLA FELICITÀ NELLA MEMORIA DELLA BAMBINA. BEN PRESTO, NEL QUARTIER GENERALE DELLA MENTE DI RILEY ARRIVANO ANCHE ALTRE EMOZIONI: TRISTEZZA, PAURA, RABBIA E DISGUSTO. COL TEMPO, SI FORMANO LE ISOLE DELLA PERSONALITÀ DI RILEY: FAMIGLIA, ONESTÀ, ORGOGLIO, HOCKEY (LO SPORT PREFERITO DELLA BAMBINA), AMICIZIA E STUPIDERA.

QUANDO RILEY COMPIE 11 ANNI, LA FAMIGLIA ANDERSEN SI TRASFERISCE IN UN'ALTRA CITTÀ. NELLA MENTE DELLA BAMBINA CAMBIA TUTTO: GIOIA FA FATICA A CONTROLLARE TRISTEZZA E, DURANTE UN LITIGIO, LE DUE EMOZIONI URTANO IL CONTENITORE DELLA MEMORIA FACENDO ROTOLARE FUORI TUTTE LE SFERE. GIOIA E TRISTEZZA DEVONO RIPRENDERE IL CONTROLLO DELLA MENTE DI RILEY! SENZA DI LORO, PAURA, DISGUSTO E RABBIA CREERANNO PROBLEMI. INFATTI LA BAMBINA LITIGA SUBITO CON LA SUA MIGLIORE AMICA! POCO DOPO L'ISOLA DELL'AMICIZIA SPROFONDA NEL VUOTO.

MENTRE VAGANO SPERDUTE, GIOIA E TRISTEZZA
INCONTRANO BING BONG, L'AMICO IMMAGINARIO DI RILEY.
"IL TRENO DEI PENSIERI PORTA AL QUARTIER GENERALE,
PRENDIAMOLO!" SUGGERISCE.
NEL FRATTEMPO, RABBIA PRENDE IL CONTROLLO E RILEY DECIDE
DI FUGGIRE DA CASA. PER FARLO DEVE PRIMA RUBARE DEI SOLDI
A SUA MADRE. POCO DOPO CROLLA ANCHE L'ISOLA DELL'ONESTÀ.

IL CROLLO DELLE ISOLE FA DERAGLIARE ANCHE IL TRENO DEI PENSIERI.
GIOIA E BING BONG CADONO NELLA DISCARICA, DOVE FINISCONO
I RICORDI PERDUTI. PER FORTUNA LÌ C'È ANCHE
IL CARRETTO DI BING BONG. PER FARLO VOLARE, BISOGNA
CANTARE. COSÌ GIOIA RIESCE A RISALIRE FINO ALL'ORLO
DELLA DISCARICA E A RITROVARE TRISTEZZA. LE DUE
EMOZIONI TORNANO AL QUARTIER GENERALE.

GIOIA SA BENE
CHE ANCHE TRISTEZZA
È UN'EMOZIONE IMPORTANTE.
"ORA TOCCA A TE!" LE DICE DAVANTI
AL PANNELLO DI COMANDO.
TRISTEZZA TOCCA I TASTI GIUSTI
E RILEY DECIDE DI TORNARE A CASA.

GIOIA AFFIDA A TRISTEZZA LE CINQUE SFERE DORATE DELLA FELICITÀ.
A VOLTE INFATTI SI PUÒ ESSERE FELICI SOLO DOPO ESSERE STATI TRISTI!
QUANDO RILEY E I SUOI GENITORI SI RIABBRACCIANO, PIANGONO
TUTTI. MA POI CAPISCONO COS'È SUCCESSO,
SI FANNO LE COCCOLE E TORNANO A SORRIDERE.
ORA NELLA MENTE DI RILEY PUÒ NASCERE
UNA NUOVA ISOLA DELLA FAMIGLIA.
E NEL QUARTIER GENERALE,
LE EMOZIONI HANNO IMPARATO CHE
BISOGNA SEMPRE LAVORARE IN SQUADRA!

Disney

FROZEN

Il re
dei cercatori

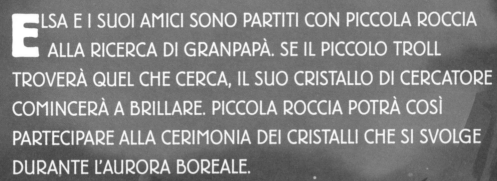

ELSA E I SUOI AMICI SONO PARTITI CON PICCOLA ROCCIA ALLA RICERCA DI GRANPAPÀ. SE IL PICCOLO TROLL TROVERÀ QUEL CHE CERCA, IL SUO CRISTALLO DI CERCATORE COMINCERÀ A BRILLARE. PICCOLA ROCCIA POTRÀ COSÌ PARTECIPARE ALLA CERIMONIA DEI CRISTALLI CHE SI SVOLGE DURANTE L'AURORA BOREALE.

SEGUENDO LE ORME DI GRANPAPÀ, GLI AMICI SI RITROVANO
SULL'ORLO DI UN BURRONE. ALL'IMPROVVISO IL CIELO DIVENTA SCURO
E SCOPPIA UNA BUFERA DI NEVE. CON LA SUA MAGIA, ELSA CREA UNA
CUPOLA DI GHIACCIO PER RIPARARSI. OLAF APPROFITTA DELLA SOSTA
PER RACCONTARE UNA STORIA.

"ELSA MI HA CREATO IN UNA NOTTE FREDDA," DICE IL PUPAZZO
DI NEVE. "COME VEDETE HO DEI RAMETTI CHE MI FANNO DA BRACCIA
E CAPELLI, DEI SASSOLINI SONO I BOTTONI SULLA MIA PANCIA. QUELLA
VOLTA ERO COSÌ FELICE CHE SONO SCIVOLATO GIÙ PER IL PENDIO
DELLA MONTAGNA. QUANDO MI SONO FERMATO, ERO TUTTO ROTTO!"

QUANDO LA BUFERA FINISCE, GLI AMICI LASCIANO
IL RIPARO DI GHIACCIO.
"HO UN'IDEA!" DICE PICCOLA ROCCIA. "SCENDIAMO
A VALLE COME HA FATTO OLAF NELLA SUA STORIA!"
E TUTTI SI DIVERTONO A SCIVOLARE GIÙ PER IL PENDIO
PIENO DI NEVE. CHE RIDERE! CERCARE GRANPAPÀ
È PROPRIO UNO SPASSO, PENSA IL PICCOLO TROLL.

A FINE CORSA, PICCOLA ROCCIA TROVA
DI NUOVO LE ORME DI GRANPAPÀ.
"GRAZIE OLAF!" ESCLAMA CONTENTO.
"TI SEI MERITATO IL CRISTALLO DELLE NEVI!"
MA KRISTOFF CI TIENE A CONGRATULARSI ANCHE CON PICCOLA
ROCCIA. "È GRAZIE ALLA TUA IDEA DI IMITARE OLAF
CHE ABBIAMO RITROVATO LE ORME DI GRANPAPÀ."
IL PICCOLO TROLL SORRIDE E PER UN ATTIMO
SI SENTE IL RE DEI CERCATORI... O QUASI!

LA CARICA DEI
101

OGGI È UN GIORNO DI FESTA A CASA DI RUDY E ANITA.
"STANNO NASCENDO!" ESCLAMA LA GOVERNANTE NILLA.
SI RIFERISCE AI CUCCIOLI DI PEGGY E PONGO, I CANI
DI FAMIGLIA.
"QUANTI SONO?" CHIEDE RUDY.
"OTTO... DIECI... TREDICI... NO, ASPETTATE... QUINDICI.
SÌ, SONO QUINDICI!"
PAPÀ PONGO È MOLTO EMOZIONATO.

POCO DOPO, ARRIVA CRUDELIA DE MON, UN'AMICA DI ANITA.
VUOLE COMPRARE TUTTI I CUCCIOLI, MA RUDY SPIEGA CHE
NON SONO IN VENDITA. UNA SERA, PERÒ, DUE UOMINI ENTRANO
IN CASA E RAPISCONO TUTTI I CAGNOLINI. RUDY, ANITA
E I GENITORI DEI CUCCIOLI SONO DISPERATI! PONGO COMINCIA
AD ABBAIARE PER LANCIARE UN SOS E IL SUO APPELLO ARRIVA
FINO IN CAMPAGNA.
"QUINDICI CUCCIOLI SCOMPARSI!???" S'INDIGNA IL CANE COLONNELLO.
"DOBBIAMO INDAGARE!" CON LUI CI SONO ANCHE IL CAVALLO
CAPITANO E IL GATTO SERGENTE TIBBS.

COLONNELLO E SERGENTE TIBBS TROVANO I CUCCIOLI DI PONGO
E PEGGY. I DUE RAPITORI LI TENGONO PRIGIONIERI NELLA VECCHIA
VILLA DEI DE MON. CON LORO CI SONO ALTRI OTTANTAQUATTRO
CAGNOLINI. MENTRE CAPITANO AVVERTE PONGO E PEGGY DEL
RITROVAMENTO, IL GATTO SCOPRE ANCHE CHE CRUDELIA VUOLE
ELIMINARLI TUTTI PER FARSI UNA NUOVA PELLICCIA.
NON C'È PIÙ TEMPO DA PERDERE! SERGENTE TIBBS ENTRA
NELLA VILLA E INDICA AI CUCCIOLI UN BUCO NELLA PARETE.
"PRESTO, USCITE DA QUI!" SUSSURRA AI CAGNOLINI.

MA I RAPITORI SE NE ACCORGONO E VOGLIONO FERMARLI
A QUALUNQUE COSTO. PER FORTUNA ARRIVANO I RINFORZI:
COLONNELLO, PONGO E PEGGY ATTACCANO I DUE FURFANTI
E LI SCONFIGGONO. E ORA CHE SI FA? PONGO E PEGGY DECIDONO
DI TORNARE A CASA CON I LORO FIGLI E TUTTI GLI ALTRI CAGNOLINI.
DURANTE IL VIAGGIO DI RITORNO, TROVANO RIPARO IN UN VECCHIO
MAGAZZINO CON UN CAMINO.

PONGO HA UN'IDEA: PER NON FARLI SCOPRIRE, INVITA TUTTI A ROTOLARSI NELLA CENERE DEL CAMINO. QUANDO CRUDELIA PASSA DAVANTI AL MAGAZZINO, VEDE SOLO DEI CANI NERI CHE STANNO SALENDO SU UN FURGONE. D'UN TRATTO, UN MUCCHIETTO DI NEVE CADE SU ALCUNI CUCCIOLI E LAVA VIA LA CENERE.

"SONO LORO!" GRIDA CRUDELIA MENTRE IL CAMION PARTE.

CRUDELIA E I DUE RAPITORI INSEGUONO IL FURGONE. TENTANO
DI FERMARLO, MA LE LORO AUTO FINISCONO
FUORI STRADA. QUANDO PONGO E PEGGY
ARRIVANO A CASA, QUASI NON RIESCONO
A CREDERE DI ESSERE TUTTI SANI E SALVI.
ANCHE RUDY E ANITA
SONO AL SETTIMO CIELO.
"SONO DIVENTATI CENTO E UNO!"
ESCLAMA RUDY, DOPO AVERLI CONTATI.
"CHE IMPORTA?" REPLICA ANITA.
"LI TENIAMO TUTTI!"

DISNEY·PIXAR

MONSTERS & CO.

SULLEY E IL SUO ASSISTENTE MIKE LAVORANO ALLA MONSTERS & CO.
L'AZIENDA RACCOGLIE GLI URLI DI PAURA DEI BAMBINI
E LI TRASFORMA IN ENERGIA PER MOSTROPOLI. MA LA CITTÀ RISCHIA
DI RESTARE SENZA ENERGIA PERCHÉ È SEMPRE PIÙ DIFFICILE
SPAVENTARE I BAMBINI. SULLEY DETIENE IL RECORD DI MIGLIOR
SPAVENTATORE DELLA MONSTERS & CO. E IL SUO AVVERSARIO
RANDALL NON VEDE L'ORA DI BATTERLO.

OGNI GIORNO I MOSTRI ENTRANO NELLE CAMERE DEI BIMBI
ATTRAVERSO PORTE SPECIALI CHE, A FINE GIORNATA,
SI DISATTIVANO. MA UNA SERA SULLEY NE TROVA UNA ANCORA
FUNZIONANTE. ACCANTO ALLA PORTA C'È ANCHE UNA BAMBINA
CHE È RIUSCITA A PASSARE NEL MONDO DEI MOSTRI. PERÒ TUTTI
SANNO CHE GLI UMANI SONO PERICOLOSI PER I MOSTRI!
SULLEY CERCA DI RIPORTARLA INDIETRO, MA LA PICCOLA VUOLE
RESTARE CON LUI. INTANTO IL MOSTRO SI ACCORGE CHE QUANDO
LA BAMBINA RIDE, UN'ONDATA DI ENERGIA FA BRILLARE LE LUCI.

LA MATTINA DOPO, SULLEY E MIKE TRAVESTONO
LA BAMBINA DA MOSTRO PER NON FARLA SCOPRIRE.
HANNO DECISO DI CHIAMARLA BOO E VOGLIONO
RIMANDARLA NEL MONDO UMANO SANA E SALVA.
IL PROBLEMA È CHE RANDALL LI SCOPRE E VUOLE QUELLA
BAMBINA! HA COSTRUITO UNA MACCHINA ASPIRA-URLI
E HA INTENZIONE DI USARLA CON BOO.

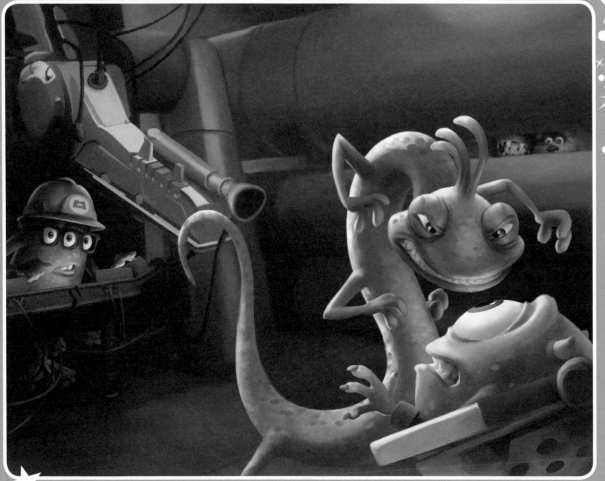

CON L'INGANNO, RANDALL CONVINCE MIKE A PORTARE LA
PICCOLA NEL REPARTO SPAVENTI. SULLEY E BOO, PERÒ, NON
SI FIDANO DI QUEL MOSTRO CAMALEONTE... E FANNO BENE!
RANDALL VUOLE CATTURARE LA BAMBINA, MA PER SBAGLIO
PRENDE MIKE E LO PORTA NEL SUO LABORATORIO SEGRETO,
DOVE C'È LA MACCHINA ASPIRA-URLI. PER FORTUNA, SULLEY
E BOO LI HANNO SEGUITI.

SULLEY E MIKE SCOPRONO CHE WATERNOOSE, IL DIRETTORE
DELL'AZIENDA, È COMPLICE DI RANDALL. LA MACCHINA ASPIRA-URLI
SERVIVA A RISOLVERE IL PROBLEMA DELL'ENERGIA! IL DIRETTORE
CATTURA BOO E CACCIA SULLEY E MIKE NEL MONDO DEGLI UMANI.

SULLEY E MIKE RIESCONO A TORNARE A MOSTROPOLI APPENA
IN TEMPO. LIBERANO BOO DALLA MACCHINA ASPIRA-URLI E
SCONFIGGONO RANDALL PER SEMPRE. WATERNOOSE VIENE ARRESTATO
E LA BAMBINA PUÒ FINALMENTE TORNARE SANA E SALVA A CASA SUA.
SULLEY È FELICE: GRAZIE A BOO, HA SCOPERTO CHE LE RISATE DEI
BAMBINI PRODUCONO PIÙ ENERGIA DELLE LORO URLA DI PAURA.
COSÌ IL REPARTO SPAVENTI SI TRASFORMA IN REPARTO… RISATE!
CHI SARÀ IL MOSTRO PIÙ DIVERTENTE?

Disney · PIXAR
Cars

Il team dei pompieri

DA QUANDO SAETTA McQUEEN VIVE A RADIATOR SPRINGS, SONO IN TANTI A PASSARE DA LÌ PER CONOSCERE IL FAMOSO CAMPIONE. GLI ABITANTI NE SONO FELICI, MA È IMPORTANTE CHE LA CITTÀ SIA SEMPRE SICURA PER TUTTI. ECCO PERCHÉ RED, IL CAPO DEI POMPIERI, CERCA NUOVE RECLUTE.

"QUANDO SCOPPIA UN INCENDIO, BISOGNA SUONARE L'ALLARME!"
DICE SERGENTE IL PRIMO GIORNO DI ALLENAMENTO. "PROVA TU,
FILLMORE!" IL FURGONCINO, PERÒ, È TROPPO LENTO!
SAETTA DECIDE DI INTERVENIRE, MA VA TROPPO VELOCE, SBATTE
SUL CAMPANELLO DELL'ALLARME E LO ROMPE! GLI ALLENAMENTI
VANNO AVANTI PER QUALCHE GIORNO, POI ARRIVA UNA GRANDE
NOTIZIA: I POMPIERI SFILERANNO IN TESTA ALLA PARATA ANNUALE
DI RADIATOR SPRINGS.

CHE ONORE PER RED E LE NUOVE RECLUTE!
VOGLIONO TUTTI FARSI BELLI. CI PENSA
RAMON: SPRUZZA UN PO' DI VERNICE
FRESCA SULLE CARROZZERIE, APPLICA LO
STEMMA DEI POMPIERI E IL GIOCO È FATTO.

LA MATTINA DELLA PARATA CRICKETTO È MOLTO NERVOSO:

"FORSE FAREBBERO MEGLIO A USARMI PER I PEZZI DI RICAMBIO,"

DICE A SAETTA.

"NON DIRE COSÌ!" GLI RISPONDE IL CAMPIONE. "RED CONTA SU DI TE."

POCO DOPO, UNA PUZZA DI BRUCIATO SI DIFFONDE PER LA CITTÀ.

RED SUONA L'ALLARME E TUTTI I NUOVI POMPIERI SI RIUNISCONO

DAVANTI ALLA CASERMA. TUTTI TRANNE UNO...

A SIRENE SPIEGATE, RED CONDUCE LA SUA SQUADRA
VERSO UNA GRANDE NUVOLA DI FUMO. MENTRE GUIDO
ALLUNGA LA SCALA, LUIGI DÀ IL TUBO A RAMON, CHE LO
ALLACCIA ALL'IDRANTE. UN GETTO D'ACQUA SCORRE SUL
FUMO CHE, POCO A POCO, SPARISCE E...
"MA È CRICKETTO!" ESCLAMA SAETTA, VEDENDO IL SUO
AMICO TUTTO BAGNATO. "CHE COSA È SUCCESSO?"

"ERO COSÌ NERVOSO CHE LA PRESSIONE DELL'OLIO È ANDATA
ALLE STELLE E IL MIO MOTORE SI È MESSO A FUMARE!" RISPONDE
IL CARRO ATTEZZI.
LE NUOVE RECLUTE RIDACCHIANO: IN FONDO È STATA LA LORO PRIMA
MISSIONE DA POMPIERI, ED È ANDATA BENISSIMO!
"BUONA PARATA A TUTTI!" GRIDA LIZZIE, MENTRE LANCIA UNA PIOGGIA
DI CORIANDOLI COLORATI. E UN'ONDATA DI ALLEGRIA SI DIFFONDE
PER LE STRADE DI RADIATOR SPRINGS.

HIRO HA 14 ANNI ED È APPASSIONATO DI ROBOT. UN GIORNO SUO FRATELLO TADASHI LO PORTA NEL LABORATORIO IN CUI LAVORA E GLI MOSTRA IL ROBOT CHE HA COSTRUITO. SI CHIAMA BAYMAX E SA CURARE LE PERSONE. "ANCHE IO VOGLIO LAVORARE QUI CON TE!" ESCLAMA HIRO.

CALLAGHAN, IL DIRETTORE DEL LABORATORIO, CHIEDE ALLORA A HIRO DI PRESENTARE UNA SUA INVENZIONE. COSÌ HIRO COSTRUISCE DEI MICROBOT, PICCOLI ROBOT CHE POSSONO UNIRSI E ASSUMERE QUALSIASI FORMA. DURANTE LA PRESENTAZIONE, UN MILIARDARIO DI NOME KREI LI VUOLE COMPRARE, PERÒ HIRO RIFIUTA L'OFFERTA. SUBITO DOPO, SCOPPIA UN INCENDIO NEL LABORATORIO E TADASHI, CHE SI TROVA LÌ, NON RIESCE A SALVARSI.

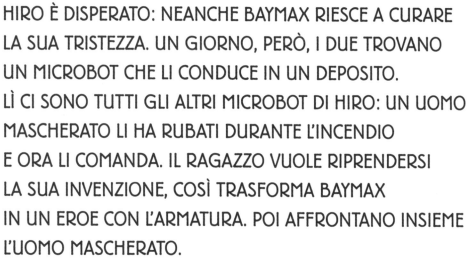

HIRO È DISPERATO: NEANCHE BAYMAX RIESCE A CURARE
LA SUA TRISTEZZA. UN GIORNO, PERÒ, I DUE TROVANO
UN MICROBOT CHE LI CONDUCE IN UN DEPOSITO.
LÌ CI SONO TUTTI GLI ALTRI MICROBOT DI HIRO: UN UOMO
MASCHERATO LI HA RUBATI DURANTE L'INCENDIO
E ORA LI COMANDA. IL RAGAZZO VUOLE RIPRENDERSI
LA SUA INVENZIONE, COSÌ TRASFORMA BAYMAX
IN UN EROE CON L'ARMATURA. POI AFFRONTANO INSIEME
L'UOMO MASCHERATO.

HIRO CHIEDE A QUATTRO AMICI DI
TADASHI DI AIUTARLO NELLA SUA IMPRESA.
CREA PER TUTTI DELLE TUTE CON POTERI
SPECIALI ED ECCO LA SQUADRA DEI BIG
HERO 6! FORSE L'UOMO CHE HA RUBATO
I MICROBOT È KREI! BAYMAX RINTRACCIA
IL MILIARDARIO E I BH6 FINISCONO IN UN
LABORATORIO. LÌ NOTANO UN VIDEO DOVE
SI VEDE KREI ATTIVARE UN PORTALE PER
TELETRASPORTARE UNA NAVETTA SPAZIALE
DA UN PUNTO A UN ALTRO DEL PIANETA.
NELLA NAVETTA C'È UNA GIOVANE DONNA…
E SUBITO DOPO IL PORTALE ESPLODE.

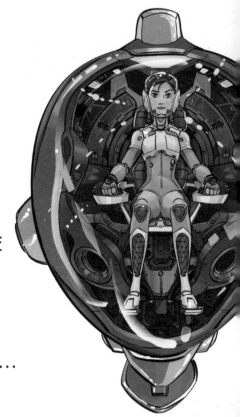

D'UN TRATTO, ARRIVA L'UOMO MASCHERATO!
HIRO SCOPRE CHE SI TRATTA DI CALLAGHAN. È STATO
LUI A RUBARE I MICROBOT E A LASCIAR MORIRE TADASHI.
HIRO PROVA A CATTURARLO, MA IL PROFESSORE RIESCE
A FUGGIRE. NEL FRATTEMPO, GRAZIE A UN ALTRO VIDEO,
I BH6 CAPISCONO CHE LA GIOVANE DONNA NELLA NAVETTA
ERA ABIGAIL, LA FIGLIA DI CALLAGHAN.
L'UOMO VUOLE VENDICARSI PER LA SUA MORTE, PER QUESTO
HA CREATO CON I MICROBOT UN ALTRO PORTALE CAPACE
DI DISTRUGGERE KREI E TUTTI I SUOI LABORATORI.

I BH6 RAGGIUNGONO IN FRETTA IL LABORATORIO DI KREI. COME AVEVANO IMMAGINATO, CALLAGHAN È GIÀ LÌ E HA APPENA ATTIVATO LA SUA INVENZIONE. MENTRE IL PORTALE RISUCCHIA TUTTO IN UN VORTICE, BAYMAX SENTE CHE AL DI LÀ DEL MACCHINARIO C'È UN CUORE CHE BATTE. HIRO E IL ROBOT VOLANO ALL'INTERNO DEL PORTALE E RITROVANO LA NAVETTA CON DENTRO ABIGAIL: È VIVA!

IL PORTALE HA DANNEGGIATO BAYMAX,
CHE NON RIESCE PIÙ A VOLARE. PER SALVARE HIRO
E ABIGAIL, IL ROBOT SPARA IL SUO PUGNO-MISSILE,
CHE RIESCE A RIPORTARLI DALL'ALTRA PARTE
DEL VORTICE. POI TUTTO ESPLODE!
TORNATO A CASA, HIRO SCOPRE CHE BAYMAX
È RIUSCITO A INFILARE IL CHIP CON IL SUO
CERVELLO ELETTRONICO NEL PUGNO-MISSILE.
ORA IL RAGAZZO PUÒ RICOSTRUIRE IL SUO
GRANDE AMICO! PRESTO I BH6 SARANNO
DI NUOVO TUTTI INSIEME, PRONTI AD AIUTARE
CHIUNQUE ABBIA BISOGNO DI LORO.

Sommario